幼女になった僕のダンジョン攻略配信
TSしたから
隠れてダンジョンに
潜ってた僕が
アイドルたちに身バレして
有名配信者に
なる話
あずももも
Illustration サクマ伺貴

三日月えみ
ハル

深谷るる
九島ちほ

幼女になった僕のダンジョン攻略配信

TSしたから
隠れてダンジョンに
潜ってた僕が
アイドルたちに身バレして
有名配信者に
なる話

あずももも
イラスト　サクマ伺貴

新紀元社

目次

contents

一章　『ヘッドショットロリ』の誕生

僕が『この体』になってから、だいたい一年が経つ。

気がつけばあっという間だった気がする。人って慣れれば、大抵のことは平気になるんだね。

「くぁぁぁ……ねむい……」

体力が少ないってことは、寝る時間も長い。つまり今の僕は眠いんだ。

この体にも慣れたけども朝だけはなぁ……かといって「眠気が取れるまで寝てみよう」って試してみたら丸一日寝たことあったし。

「んしょ……」

八時。会社行ってたときなら遅刻だね。でも大丈夫、今は無職だから。無職っていうか個人事業でほぼ毎日働いているけども、悲しいことに世間様と親の価値観だと『会社で働いてない＝無職のニート』なんだ。まぁ公的な身分は実際そうだからしょうがないんだけども。

これが有名な配信者とかになってるなら話は違うんだろうけどさ……まー、無理だよねぇ。だって僕は男だし、別に声がいいわけでもトークがうまいわけでもないし。あ、いや、今は違うんだけども……ま、いっか。

さーて、じゃあごはん食べたら潜りに行こーっと。今日は……そうだなぁ。

【待機】【幸福】

そろそろモンスターも増えただろうし、『あのダンジョン』にしよっと。数は少なくても、深い階層だとそれなりのドロップするんだよね。

——そうして僕は、〝あの日〟に向かうダンジョンのことを〝なんとなく〟で決めた。別にこんな毎日じゃなくてもお金は問題なくなってきたんだけどね。すっかり慣れて前のペースになってきたから。

かちゃりとドアの鍵を回して、朝の匂いを嗅ぎながらたんたんたんっと階段を下りる。小さい体に大きなリュック……でも、はた目には『特段目につくこともない学生が歩いてる』程度の認識になってるはず。ダンジョン産の隠蔽スキルってすごいね。

あー、始業の時間のための電車を意識しないでいい生活ってさいこー。こんな生活がずっと続けばいいねぇ。もう会社員戻れない気がしてきた。

「はっはっはっはっはっ……」

朝のバスの中はぎゅうぎゅう詰め。だから僕はそれには乗らず、軽く魔力でブーストをかけながら、てってってっと小走りで一路ダンジョン方面へ。感覚的には軽ーいジョギングになる程度のテンポでのんびりと、普段からの僕に足りてない運動を取り入れる感じ。

走ると、髪の毛がなびく。子供の頃からずっと床屋で「いい感じで」ってオーダーを貫いてきた僕にとっては、慣れてはきたとしても、無意識になることはない感覚。

首筋に、耳元に、おでこに、こそばゆい感覚。風向きだったり立ち止まったりすると、ふわりと鼻をくすぐるシャンプーの匂い。

「……ふぅ」

成人男性の足で歩いたら三十分、子供ならもっと……でも、魔力を使えば、走って十分。さっき〝適当に〟決めたダンジョンの入り口はすでにシャッターの開いたお店が並んでいる。……まぁそんなに人気じゃないから歩いてる人は少ないけどね。

「…………………………」

振り向いた先には……僕を見ているはずもない、ただの監視カメラ。町の中に無数にある、ただの機械。今日はやけに、それらから視線を感じる気がするけど……あれかな。索敵スキルが高すぎると、監視カメラとかのなんでもないのでも反応しちゃうのかな。今日はなんだか調子がいいのかも……じゃあ、感度、もうちょっと落としとこ。肌がぴりぴりするからなんかやだし。

――そうして僕は、普段通りにダンジョンへ向かった。朝早く……っていっても、会社に行くよりは、遅く。十時きっかりに配信と攻略を開始するっていう、この体になる前からの日常に近いものへ。

僕が放った矢がひゅっと飛んでいき——十秒くらいで今日の最後の獲物にクリーンヒット。その獲物——名前は知らないけどとりあえずでかい熊さんみたいなの——は、その衝撃そのままにずしんと転ぶ。

「…………………………」

土煙がちょっとだけ上がって、だんだんと晴れてきて。

一応の警戒でしばらく見守ったけど、動かない。うん、今日も実にいい狩りだった。

やっぱり怖いモンスターなんて、相手が見えないところから仕留めるのがいちばんだよね。〝この体〟だし、安全マージンは多く取れば取るほどにいいんだから。

【おめ】【ハルちゃんおめ】

【遠くてよく見えないけど、あれってグレーターグリズリー？】

僕が流していた配信にぽつぽつとコメントが流れてくる。

【ハル「ありがとうございます。今日はこれで手じまいです」】

数少ないそれらを眺めつつ、倒したモンスターが素材になるのを待ちながら配信者としてのコメントで返信。もちろん声じゃない。だって、去年までならともかく……今は、バレちゃうから。

【さっきから見てた。初見なんだけどこの配信、顔も声もないの？】
【最初っからずっとだな】
【身バレが怖いっていう普通の理由らしい】
【声すらないとか普通じゃないけど、クセになるんだよな】
【そのせいで人気出ないんだよなぁ……】
【たまに同接跳ねたりはするけど、登録には繋がらないね】
【俺たちみたいな変わり者ほどハマるのになぁ】
【お前と一緒にするな。俺はハルちゃんの技術に惚れたんだ】
【そういうのもあるのか……】

僕は頭に付けたカメラを指で触って確かめる。
——うん、大丈夫。僕の顔が映ることはないんだ。

【グレーターグリズリー……かは遠すぎてわからなかったけど、ただのグリズリーでもソロ討伐できるなら顔出しすればいいのにね。あれって中難易度ダンジョンの下層以降のモンスターなんでしょ？】
【初見、お前は何もわかっていない】

【なんのこと?】

【声も顔も出してくれたことないけど、俺はハルちゃんが美少女っていう夢を見てるんだ】

【わかる。完全に顔も声もないから逆に妄想しやすいんだよな】

【夢は夢のままがいい。起こさないで】

【ハルちゃんは俺たちに希望を持たせてくれているんだ】

【ああ】

【よくわからん……けど、視点的に結構、背、低いのかな?】

【おっと、詮索はNGだぜ初見さん】

【ハルちゃんがふさぎ込んじゃうからな】

【コメントなんて最初と最後しか見ないけど、万が一はあるからな】

【ああ……個人勢なんて趣味だし、吹けば飛ぶメンタルだから。俺もだし】

【わかる】

【推しの想いを汲み取って推すんだ。長く続けてもらいたいからな】


ダンジョンに潜るのは、不定期で開始時間もばらばら。顔出しなし、声もなしとどう考えても人気の出るはずがない僕の配信。タイトルも説明文も適当だし。

そんな、めんどくさいっていうのが理由の適当さからくる、完全な趣味っぽさっていうのに逆に惹かれたらしい、ちょっとおかしい……もとい非常に奇特な人たち何人かが同接を維持してくれているのが現状。

それは嬉しいんだけど、逆に言えば完全な内輪感で初見さんはだいたい離れる……いや、そもそもとして粋なトークどころかせめてもの会話感を醸し出す顔出しや雑談すらなくって、狩りの間何十分も身じろぎさえしないんだから、ちらっと見てそっと出ていくのが普通だ。

ちなみにその時間、僕はタブレットで読書してる。これ、普通はなにして待機するんだろう……いやまあ普通はパーティー組んでるから普通に雑談かな。普通はね。

というか、こんな配信見てる普通じゃないこの人たちは何なんだろうね。何人かが定住してるっぽいし……男だろうってわかっていながら「ハルちゃん」とか言って見てるしさ。

――去年からは、あながち間違いでもないけども。


【もう三年？　四年になるのか、ハルちゃんがこれ始めてから】

【BGMすらない清々しさが逆にいいよな】

【同接も全員顔見知りになる過疎っぷり】

【顔を知らないのはハルちゃんだけ】

【なにしろ本当、作業用って感じだし】


作業用。そういう需要も世界にはあるらしい。気持ちはちょっとわかるかも。

【在宅だからちょうどいいんだ】
【おっと、ニートの存在を忘れるな】
【そこで威張るのか……】【草】【高等遊民なんだぞ‼】

まあそうだよね。全世界のダンジョンですごい数の人が配信しているんだ、むしろこれくらい突き抜けてないと駄目なのかも。特に男はね。……男も美形でトークもうまい人なら女性リスナーが集まってくるらしいけども、残念ながら僕は〝そうじゃなかった〟しなぁ。

一方で女の子なら基本、誰でも結構なファンが付く。男はごく一部の男女にモテるトップ層と下層組に分かれている。女の子は最初からファンの数が多くって、トップも多ければ平均も多い、素人でもそれなりに最初っから人が来る。

男って悲しいね。何がって、性別だけでこの格差ってのと、それをしているのはほかならぬ視聴者の男って意味で。僕も男〝だった〟……いや、今でも心はそうだから、よくわかるんだ。

【あ、モンスターが結晶化した】
【早く取りに行かないと】
【大丈夫だろ。この数十分で人来なかったし】
【人気ないダンジョン……僻地?】
【詮索すると俺たちが押しかけるぞ?】

【総勢十名の俺たちがな！】

【言ってて悲しくならない……？】

【なる。なった】【かなしい】【やむ……】【どうせ……どうせ俺たちなんて……】

【草】


暗い洞窟の先で、しゅわっとした光。倒されたモンスターが結晶化することでの素材回収だ。

――本当、ダンジョンってのが出てくるまでのゲームそのまんまだね。

僕はそう思いながら周囲を警戒しつつ、熊さんの素材と、あと十数本散らばっているはずの矢を拾いに向かった。飛び道具はコストが高いから、使えるのはまた使わないとね。

定職を失ってダンジョン配信者っていう……いや、配信は収益化どころか登録者十人とかいうレベルだから完全な趣味で、お金はダンジョンでの稼ぎだけども。まぁそのほうが気楽だし。

自由業な生活をしている僕は、ただでさえ低い身長をさらに低くして目立たないようにしながらこそこそと歩き回った。

――よし。

今日も、誰にも見つからないで行けそうだ。

今日の稼ぎはなかなかだ。ほくほくだ。ダンジョンっていいよね、自分に合うやり方さえ見つけたら会社行かなくっていいから。僕、もうこれでいいや。

まぁ今の僕じゃ、会社に行けないどころか見つかったら通報されそうな見た目なんだけどね。お金なんて通販かデジタルコンテンツくらいしか使い道ないし。

でもまあ、これでも〝こうなる前〟よりは好き勝手できてるから、

「！」

急な音と振動で、びくっとなる僕。手元のスマホからアラームが鳴っている。画面を見ると、赤い文字でのアラート。直感的に危機を感じる、それ。

……またかぁ。みんな無茶するんだから。

【救援要請？】

【この、人がいなそうなダンジョンにも……っていうかホントここどこなんだ？】

【だから秘密だって、身バレするかもって】

【どんだけ身バレ怖いの配信者……】

【だからハルちゃんと呼べ。ハル様でも可】

【ハルきゅんは？】【お前……いや、ハルちゃんが嫌がらなければ別にいいけど】

【初見のキャラが濃すぎる】【こいつは見込みがあるな】【あるのか……？】

コメント欄をちらっと見たけども、まーた新しく入ってきた人にみんなが群がってる。そうやって初見さんに群がるからいつまでも人が増えないんだけど……いや、そもそもコンテンツそのものが悪いんだけどね。つまり僕が悪いってわけで、文句はなにひとつ言えないんだ。

そう思いつつも、この人たちがいるから僕が孤独じゃないって思えるのを思うと「やめてね？」とは言えない。リアルでの知人が壊滅したんだ、もはや僕の拠り所はここだけ。

今の僕の友達は十人。けども顔も名前も知らないし、会ったこともない人たち。

……言っていて悲しいね。


【あ、移動しはじめた】

【けどいつも他のパーティーが来て解決するか、ハルちゃんが現場に着いてもいつも通りだから見せ場はないぞ】

【どういうこと？　だって救助要請って普通は……】

【さっきみたいに遠くからアサシンするだけだからな】

【で、ハルちゃんってば顔見られないうちに逃げちゃうから感謝も報酬ももらえない】

【どんだけ見られたくないの……逆に興味湧いてきた】

【今のうちに登録しとけ。古参になれるぞ？】

【古参（配信開始三年半経過）】【えぇ……】

【ずっと古参のままで終わりそう】【それはそれで興奮する】【えぇ……】

僕は今、七十八層。で、救助要請は七十七層……ワンフロア上だ。よっぽどじゃなきゃ間に合うし、よっぽどじゃなきゃいつも通りさくさく終わらせて後味よくしてのミッションクリア。……救助のときって、助けた人に僕の存在――〝この見た目〟がバレちゃいけないから近づけなくって、矢とか石とかドロップは捨てることになっちゃうんだよな――……。

んー。

ま、しょうがないかぁ。

どうしようもない理由での縛りプレイな僕だけど、そのどうしようもない理由でダンジョン生活してるからしょうがない。前に比べて体重は軽くなったけど筋力がないのと、荷物の相対的な大きさとで走れない僕。助けるのはいいけど、せめてなんとか生きていて。そう願いながら……おっと。

なんだか今日に限ってズレやすい気がする、ヘルメットにくっついたカメラを気にしつつ、長くなった髪の毛を後ろで縛りながら上層への階段を目指し、てくてくざくざくと進んでいった。

【るるちゃんがんばって!】
【救助要請、今……え、たったの一人?】
【いや、るるちゃんに近い階層でソロならむしろ期待できるぞ】

「みなさんごめんなさい、よりにもよってこんなミスしちゃって……っ！」

十を超える数のモンスターに追われている深谷《ふかや》るるは、カメラを意識しつつも震えを抑えるので精いっぱいだ。

「今日もまたドジ踏んじゃって……ああ、私ってばなんて不幸なの！　なんちゃって☆」


【草】【かわいい】

【結構なピンチでも配信盛り上げようとする配信者の鑑】

【偉いけど声震えてる……】

【でもまずくね？】【これがまずくないとでも？】

【歯がゆい……今、会社じゃなければなぁ】【いや、深すぎる階層だし、今から急いでも……】


普段は数人のチームでダンジョンに潜る、とある大手事務所所属の配信者――深谷るる。普段から自分の不注意と些細なミスとで〝不幸体質〟〝不憫な子〟『呪い様』に愛されし少女〟として不本意な人気を得てしまった彼女は、もうすぐ登録者が百万人に手が届く期待の新星だ。

ダンジョン内では魔力でピンク色になるくせっ毛な長髪、「貧乳は正義だ」「貧乳ロリでないるるちゃんなどるるちゃんではない！」とさんざんなコメントが寄せられる子供体型は接近専用の軽装の鎧で覆われており、その手にはごく普通の長剣。近接戦では特に隙のない彼女は、〝生来のドジ〟

のために人一倍気をつけていた。


【でもまさか、るるちゃんが三連続で落とし穴に落ちて】

【落下地点にモンスター召喚の罠があって】

【しかも敵の大半がアウトレンジな飛行モンスターとか】

【【さすがは不幸体質】】

【草】【画面が一瞬で埋まるほどの共通認識】

【これ、演出だよね……そうと言ってよるるちゃん……】

【むしろここまできたら逆にリアリティーしかない】


「ひっじょーに信じにくいですし私も信じにくいですけどー……ひぃっ⁉　頭掠めたぁ⁉　……紛れもなく命のピンチですぅー！　しかも落とし穴の罠のせいで緊急脱出装置も上の階ぃー‼　私のリストバンドーかもーん‼」


【草】【草】【笑い事じゃないのに草】

【死にそうなのに笑えるのがるるちゃんの魅力だよ】【ムリしてるんだとは思うが……】

【がんばって】【『呪い様』に鍛えられた回避力でがんばって、るるちゃん！】

──そうよ、るる。私は、最後の瞬間まで『エンターテイナー』なんだから。

今日の企画は、中難易度のダンジョンとはいいつつも百層あるところを、ソロで攻略……もちろん途中までというもの。まさかの連続罠にさえ引っかからなければなんとかなったはずの彼女は、絶体絶命の危機だった。


ふむ。ナビゲーション通りに来てみたけども。

「……もー！　いい加減諦めてよー！　しつこーい！」

そんな声を張り上げながら全力疾走している女の子がいた……すごい声の大きさ。この声、なんかこの階層中に響いてそう。救助要請の割には元気そう……いや、よかったんだけどね。

いいフォームで走り続けてる子。たぶん中学生。だって背が低いし、お胸もないし、元気だし。

モンスターをぐるぐる引っ張ってかけっこしているようにしか見えないけども、走り方はちゃんとしてるし、ちらちら振り返って攻撃を警戒してるあたりは戦い慣れてるっぽい気がする。

……ほほえましい光景にしか見えないけどたぶんピンチなんだろう。たぶん。ほほえましい追いかけっこにしか見えないけども。だってその後ろに……えっと、十六匹のモンスターがばっさばっさしてるし？　確かにあの状態じゃ、レベルあっても無理かなー。最初どのくらいいたのかわかんないけど。普通は二体以上のモンスターを同時に相手になんてできないもんね。しかもすばしっこいコウモリ系とかのモンスターだし。


【あれってるるちゃん?】【深谷るるちゃんだよな?】

【あの不幸体質の……つまりはいつものか】【草】

【いつものだな。　ソロだってんならやばいけど】

【いつもは介護要員がいるもんなぁ】【介護要員（複数人）】

【悪い子じゃない……悪い子じゃないんだが、ただただ運がないんだ……】

【いつも苦労してるのに不憫な子なんだよな……】【本当にいい子なのに、どうして……】

【はぐれたかソロでチャレンジしたか……いずれにしても結構ガチでピンチみたいだな】

【ちょっとあっちの配信に潜ってきたけどやっぱりそうみたい……】【かわいそう】


ちらっとコメントを見た限り、リスナーのみなさんは知っているらしい。ほぼ全員知ってる感じだし……人気なのかな？　遠目だけども確かに顔も整ってるっていうか、かわいいと思うし？

まぁ今の僕には負けるけどね。


「…………………………」


【あー、さすがのハルちゃんでも頭振るレベルの惨状】

【それにしては画面ぶれる気が……?】

……いやいや落ち着こう僕、僕は男だ男、ただ少し今は変になっているだけなんだ、〝心まで〟女の子になってどうする。女の子は見て和むものであって、張り合う対象じゃないんだ。

これは早く〝戻らないと〟やばいかも。精神まで女の子になっちゃう前に。

――この体に引きずられて、心の底まで本当に、女の子になっちゃう前に。


【早く助けないと!】【いや、でもハルちゃんの基本動作は……】


おっと、そうだった。確かにあの子、控えめに見ても危ないもんね。さっさと助けてあげよっと。

……いい感じの窪み……あったあった。


【……ですよねー、まず隠れる場所だよなー】【えぇ……】

【こんなときでも声すらかけないとか】

【救助要請でも毎回こうだしなぁ……】

【本当、どんな姿なの……ハルちゃんって】

【詮索したら特定して十人で押しかけるぞ?】

【なにそれこわい】

【草】

僕が七十八階層から上ってきたところから、そんなに離れていないところで追いかけっこ……失礼か、文字通り必死に逃げている彼女。

僕の最重要課題は、あの子に見つからないこと。

……間に合わなそうならしょうがない。命には代えられない。けども、あの子ってばなんかまだ余裕ありそうだし、もうちょっとがんばってもらおっと。あの子だって配信してるんだ、僕が下手に前に出すぎちゃうと映っちゃう。そこまで困るわけじゃないけどもちょっと困るから、やっぱがんばっててね。大丈夫、君ならできるよ。僕、君のこと知らないけどさ。

僕は辺りを見回して「やっぱそこしかないよね」って決めて、つい一時間ほど前にこの階層での狩りで潜んでいた、高台のひとつの窪みへ近寄る。もちろん目立たないようにこそこそとね。

僕はスナイパー。レンジャーとか狩人とかニンジャとか忍びとか、いわゆる遠くからじっと敵を観察して遠くからちまちま倒す感じのやつ。地味な石ころみたいなやつ。地味っていいよね。

ダンジョン内での戦闘スタイルには特に決まった呼び方はないけども、僕を表現するならこれだ。しかもソロだから後衛かつ前衛。オールラウンダーだ。オールラウンダーな石ころなんだ。

普通のソロなら、なんでもできなきゃいけないけども、モンスターに見つからなければケガのしようもないから問題ない。これは前の僕も今の僕も――普通体型で秀でたところのなかった成人男性だった僕も、幼児体型で幼児……とまではいかないけども子供で、しかも筋力でもリーチでも不利な女の子になっている僕も変わらない。

……本当、女の子になる前からこの戦闘スタイルでよかったよなぁ。じゃなきゃこうして日銭を稼ぐことも……っと。

【るるって子、結構足速いのな】【それに、体力もかなりあるな】
【不幸体質以外はトップランカーの事務所所属だし】【でもああして不幸体質と】
【たぶんまた落とし穴からのモンスターの巣に直撃なパターン。で、救助要請ってことは今日はソロかチームとはぐれてる、で、ああして逃げるだけってことは普段から持ってるはずの緊急脱出装置も落としたと】
【草】【えぇ……】【悲しすぎる】
【あの子の配信、ときどき『呪い様《さま》』出るから……】

『呪い様』？　何それ？　まぁいいや。でも、えぇ……。どんだけかわいそうな子なのさ、その子ってば……。まぁ確かにもうすぐこのダンジョンがリセットされるタイミングに近いから、モンスターも少ししかいないけどさぁ……。

かしゃん。

こういうときのための銃に、こういうときのための――採算度外視の弾をセット。……本当は高い弾、使いたくないんだけどねぇ……人の命には代えられないから。僕自身と他人の命のためなら、しょうがない。

【んで、逃げ回るるるちゃんをちらちら見ながら冷静に移動してきて、壁よじ登ったところで銃の用意してる俺たちのハルちゃんだ】

【さすがはスナイパー、いついかなるときも冷静だな】

【まぁなぁ……初期から見てるけど、悲鳴ひとつ上げたことないし】

【けど洞窟の壁にロープ引っかけて登って、って徹底してるね】

【おかげでハルちゃんがモンスターと接近戦したことないし】

【配信中で他人に見られたこともないけどな】

【ぼっち?】【俺たちのことか】【やめろ】【孤高の存在と言え】

【るるちゃんの悲鳴は聞き飽きたから、ハルちゃんの悲鳴はよ】

【いや、この位置にいるハルちゃんが悲鳴上げた時点でやばいだろ】


リスナーの人も通報してくれたらしく、他の人も助けに向かっているとのこと。まぁたぶんあの子の事務所さんの誰か……有名らしいし、そっちのほうでもとっくにダンジョンの管理者に救助要請出してるはずだけどね。

……んじゃ、やりますか。あー、今日の稼ぎが吹っ飛んじゃうなぁ……人命救助のためならしょうがないけどさ。こういう場所じゃ、お互い様だからね。そうは思っても……やっぱもったいない。そんな、ケチな僕の心。しょうがないじゃん、去年まで普通の会社員だったんだし。

【るるちゃん朗報！　誰かが到着したって】【近くの階層にいてくれてよかったな】

【るるちゃんがんばれ、もう少しで助かるぞ！】

【でも野郎だったらやだな……野郎だろうけど】

【まぁまぁ、ガチの緊急事態だし今回はノーカンでしょ】

【さすがにガチでやばいんだからんなこと言うなよ】【女の子の配信はねぇ……】

【今日の配信でここに潜ってる有名配信者はいないみたいだけど……でもソロでるるちゃんと同レベルってことでしょ？】

【え？　そのくらい強かったら有名なはずだけど】

【めぼしい配信者は……いないよなぁ、やっぱ】【うん、調べてるけど今のところ……】

「どうでもいいからはーやーくー！　ここですここですー、るるはここにいまーす！　こーこーでーすー!!　るるを見つけてー!!」

【草】【いついかなるときも元気、それがるるちゃん】

【本気で命かかってるとは思えねぇ】【この声量よ】

【ダンジョン潜りとはいえ、全力で走り続けてこれだけシャウトできるとは……】

【るるちゃんがピンチと聞いて】【来ました】【あ、また『呪い様』に襲われてる】
【同接すげぇ……これが命をかけたバズってやつか】
【朗報・るるちゃん、命の危機で覚醒する】
【『呪い様』が降臨なされたけどな！】【草】【いつもの】

るるが全力で走り続けて、十分以上。いくら高レベルな彼女といえども、さすがにこれは厳しい。しかも今は頻繁に後ろからのブレスなどが来るおまけ付き。さらには配信を切る余裕もないため、〝全世界の視聴者〟を意識して泣き言も言えないとさんざんだ。

——いつものみんながいてくれたら。

そう思いつつ、けれどもアイドルとしての底意地で、あえて普段以上に振る舞って視聴者を安心させようと努力している。〝あえて〟、彼女のキャラ通りに脳天気に、空元気に。

——だって、もしここで死ぬんだったら、これが〝最後の私〟になるんだもん。最後までアイドルでいなきゃいけない、それがアイドルだもんってえみちゃんも言ってた。……だけど早くヘルプ来て助けてぇぇ!!　怖いものは怖いのぉぉぉ!!

彼女の周りを飛び回る三基のカメラへの映りを意識しながら内心だけで泣く彼女。だが、

——ぱぁん。

「……え？」

遠いところで、弾けるような軽い音。ひと呼吸置いて彼女の真後ろで魔物の悲鳴。

――助けが来たのね！　なら、なんとかなる！

「よーし、ここから華麗な私、るるの本気見せちゃうよー！」

【急に普段通りに戻って草】

【真っ青な笑顔で走るるるちゃんは大変おいしかったけどやっぱりこれじゃないと】

【けど銃撃？　それじゃ浮遊モンスターは――】


ぱぁん。

銃声。

ぼとっ。

重い音。

「ヘルプの人ありがとー！　私は誤射避けるために……って。……え？　あれ？」

振り返った彼女の前には、三匹のモンスター。羽の付いている飛行系なはずの彼らは、浮力を失って地面に伏したまま動かない。

「え、一撃？　す、すご――」

――ぼとっぼとっぼとっぼとっ。


続けて彼女の耳に飛び込んできたのは、ほんの数秒前まで追いかけてきていた死の象徴たちが地面に叩きつけられる音だけ。目を動かすと、さっきまで追いかけてきていたモンスターたち。

そこそこのレベルがあり、るるが有利な場所で一対一で戦っても、一体で数分はかかるはずのそれら。何種類もの飛行系モンスターたち。まともに攻撃を受けたら、手痛いダメージは確実なレベルのそれらは――地面に張り付いて、動かない。


【!?】【え？】【こいつらってレベル三十五以上の】

【いや、罠のモンスターだから四十……いや、それ以上かも】

【狙撃？　とはいっても一撃で？　どんな威力の弾なんだ】【しかも全弾命中……？】

【遠距離が得意な、レベル配信者……駄目だ、全員休みだったり別のダンジョンにいたりで見当が付かない】


「え……ええっとぉ」

――なんかすごい人、来ちゃってる？　……え、えぇっとぉ……？

「……るるの見せ場は……？」

とっさの判断で、その光景のすごさを和ませようと試みてみる彼女。

【こんなときまで好戦的なるるちゃん草】

【さっきまでの必死具合からこれである】

【こうでなくちゃるるちゃんじゃないし】


──どすっ。


追加で地面に墜落し、そのまま動かないモンスター。それに絶句する彼女。

「…………………………」

最終的に、彼女の目の前には十匹以上の──正確には十六匹と戦力は倍近くになっていた──モンスターの骸。

「……すごい。銃で一撃……それも複数ヒット……」

【飛びながら密集してるるちゃん狩りしてたモンスターをでしょ？　すごすぎ】

【一匹でもすごいのに十匹も連射で仕留めるとか】【なぁにこれぇ……】

【俺のるるちゃんが助かった……！】【俺たちのだ、抜け駆けするな】

【でも「もう大丈夫」とか「撃つからしゃがんで」とかひと声かけてくれてもよかったのにね。だってこんな威力の銃弾、るるちゃんに当たってたら……】

【声、届かなかったんじゃ？　遠いだろ、今の感じ】【全弾命中っぽいし、自信があったんだろ】

【重武装の可能性もあるな……けど、やっぱそんな配信者は……】


――そうじゃない。

るるは、実力をよく知っているメンバーたちを思い浮かべながら身震いした。

――遠距離……姿が見えないし、発砲音からワンテンポあったから最低でも何十メートルあるはず。そこから私を追っているモンスターを一匹ずつ、上下左右に動き回るのをほんの十秒くらいで全部仕留めたの、その人。無駄玉なんてない。きっと、間違いなく、とんでもない実力者。先輩……ううん、上級者ダンジョンに潜るトップ層かも。それも、その人自身の実力だけで――。


【！　るるちゃん、左！】


「え？」

ほっとして眺めたコメントの中で、目を引いたそれ。彼女の戦闘経験は意識よりも速くその言葉に反応し、即座に全力で右に飛ぶ。同時に鼓膜が破けるかと思うほどの音と目を開けていられない光が彼女を襲う。

――いったい何が？

とっさの回避で転倒した彼女は瞬時に膝をついての迎撃態勢。しかし彼女の前には――。

「ど。……どどどどどっ！」

【ドラゴン⁉】【アイエエドラゴン⁉　ドラゴンナンデ⁉】
【るるちゃん逃げて全力で逃げて】【待って何これ聞いてない】
【これマジ？　ヤラセじゃなくて】【ヤラセなら緊急脱出装置落としたりするわけないだろ！】
【やばいって本当】【るるちゃん、今事務所の人たちが突入したって、だからなんとか】

このダンジョンのボスらしい――巨大なドラゴン。
ボスモンスター。それぞれのダンジョンの最下層にしか現れないはずの存在。それが、なぜか彼女からほんの百メートルほどのところに――。

「あ」

ふと彼女が下ろした視線の先を、配信用のドローンが追った。

【あ】【えっ】【るるちゃんの足元……まさか】【この魔法陣……えっ】

「……これ、今日二回目のモンスター召喚の罠ぁ……？」

靴の先には、地面に埋もれていたスイッチに、展開されている魔法陣が映し出される。


【草】【悲報・るるちゃん、ボス召喚しちゃった】

【えぇ……】【そこまで不幸体質しなくても……】

【それでボス引くとかついてなさすぎ】【ね、生きて帰ったらお祓いしよ?】

【ここまで来るともはや完全に呪いで草】【だって『呪い様』だし……】【こわいよー】


〜〜〜

「……………………………………」

え。なに今の。なんか急にでっかいのが現れたんだけど。


【呆然としてるハルちゃん】【そらそうよ……】

【せっかく遠距離狙撃して倒したのに】【ハルちゃんかわいそう】

【さすがのハルちゃんでもあのドラゴンは無理だろ……】

【あれ、ボスモンスターじゃね?】

【普段のハルちゃんなら、用意する時間あれば倒せるだろうけど……】

でっか。いや、でっかいなぁあれ。

けども、えぇー……ドラゴン来ちゃうの、こんな中層に。どうしよ。あれ、こんなダンジョンにいるレベルのじゃない気がするんだけど……。

僕はさっきの、緊急用のだから時価にして百万は超える銃弾のお値段を頭に浮かべながら……ぼけーっと、そのでっかい体を眺めていた。


ダンジョンが世界にあふれて、十年ほど。

初期は混乱もあったものの、身体能力、レベルの可視化や各種便利グッズ、とどめに「ＨＰ」が危険になった場合にオートでダンジョンから離脱させる『緊急脱出装置』の開発で、即死ダメージさえ回避できればそれなりに安全にはなった世界。

命の危険を〝自己責任〟と言い放って民間人にもダンジョンを開放するという、まさかの方策が取られた結果――人海戦術は成功。今では大半のダンジョンは踏破までいかなくとも探索され、深さや推奨レベルまでが共有されており、定期的な間引きで脅威は落ち着いている。

その情報によると、たまたま普段のメンバーと離れてソロでの耐久配信を思いついた深谷るるが潜ってしまったこのダンジョンは、ごく普通の中規模中難易度のもの――つまりは〝普通に潜っている人にとっては普通の場所〟だ。ある程度慣れている中級者なら、五十階層くらいまで――よほど運が悪くなければ――モンスターの少ない時期なら、ソロでもチャレンジできると評判。

そして、ここのモンスターはかなり減っているのが確認されている。実際に、るるは余裕でいけいけだった。だから五十階層を超えてもなお、潜りに潜って――何回も立ち止まって視聴者やマネージャーと相談して――――で。

なぜか落とし穴三連続とモンスター召喚の罠を二回も踏んで。しかも二回目は、こともあろうかダンジョンのボス召喚という最凶のもの――千回ダイスを振って一回出るかというレベルの致命的な、そのダンジョン最下層のボスモンスター、ないしは相応の強さのモンスターを召喚してしまうものだったらしい。その情報は配信中ということもあってとっくにバズを引き起こし、登録者数の十倍以上の注目を集めていた。

――助けに来てくれた人、ごめんなさい。

ドラゴン。普通の個体ではなく、ボスモンスターのドラゴン。低難易度のダンジョンの最深部で出現する弱い個体でさえ、仲間十人ほどとの討伐経験しかない、しかも普段は守られている彼女――そしてなにより、今は救命具である緊急脱出装置も所持していない彼女は、圧倒的な戦力差を目の当たりにし、今度こそ腰が抜けてしまっていた。


【え、やばくね】【やばいんだよ実際】

【るるちゃん逃げてー!】

【今助けてくれた人だけじゃ無理だから、他の人が到着するまで……】

――配信、切ったほうがよさそう……かな。

すでに笑顔を見せて強気になる余裕もなくなった彼女は、それでもエンターテイナー／アイドルとしての意地と機転で、そう判断する。

配信者が無残に殺される場面の、生配信。これまでにもないわけではないが、初期はともかく今は攻略の際に緊急脱出装置の携帯が義務づけられているため、死亡事故はほとんどなし。そんな中で現役のアイドル、しかもまだ女子高校生な彼女が――というのは、事務所への批判とか世間からの非難以前に、配信中に救助要請を出す段階で膨れ上がっているだろう視聴者へのショックが大きすぎる。

彼女は、確かにルックスでは恵まれていた。そうして上位層のダンジョン配信関係の事務所に入ることはできた。運動も得意で、友達作りも得意だった。

――でも、そこからトークやリアクションやお化粧、ファッションや戦術などを研究してがんばってきたのは私。ここまで上り詰めたのも、私。だったら、その最後もちゃんとしないと……ね。

その巨大すぎる体にとって中層のここは狭すぎるらしく、身動きが取りにくいらしいためにダンジョンを揺らしながら壁を落としているドラゴン。規格外の大きさのモンスター。

七十七層の壁や天井が崩れ落ちる音が、彼女を取り囲む。ダンジョンの暗さと絶望感とが合わさり、その存在感ははっきりと死を認識させる。

【るるちゃん諦めないで】【さっき撃ったやつは何してるんだ！　さっさとるるちゃん助けろよ】【イヤ無理だろ、ボスモンスターだし】【その人も危ないよな】【救助要請も、危険と判断したら撤退って決まってるしなぁ】【誰だって巻き添えは勘弁だろ】【正直来てくれただけでもありがたいもんだし】

――そうだ、さっきの人。もしまだいるんだったら、せめてあの人には逃げてもらわないと……じゃないと、私のせいでその人も。

あのおっきなドラゴンさんはまだ、小さすぎる私のことを見つけられていない……みたい。このまま黙っていれば――ううん、いずれは見つかる。あの人か、私か、あるいは――。

……それならっ。

「……――っ！　救助要請、来てくれて！　ありがとうございました！」

【るるちゃん⁉】【ちょ、そんな大声】【あ、ドラゴンが】

「さっき、ばしばし倒してくれて嬉しかったです！　かっこよかったです！　泣いちゃいました！　でもボスモンスターが出てきちゃったので逃げてください！」

――泣き叫びたいよ。助けてほしいよ。でも……私は、アイドルだから。アイドルだから、最後までアイドルしなくちゃ。

「私は深谷るるっていいます！　あとで事務所に行ってください！　お礼、私の大切な人たちが、できる限りします！」

彼女に反応したドラゴンの咆吼に、負けじと声を張り上げる。救助要請に応えた人が巻き添えになるケースは多い。死なずとも重傷を負ったり、もうダンジョンに潜れなくなったり。

「だから、逃げてください！　上への階段！　私をターゲットにしてる、今のうちに！」

咆吼と地響きは、たとえ腰が抜けていなくとも立っていられないほどのものとなり。彼女は――ドラゴンから明確に見られていると悟る。

――あはは。怖すぎて、もう、コメント……見る余裕もないや。

とっさの判断で、ドラゴンが出現した瞬間に自分を映すカメラをオフにしていた彼女は、そこで初めて崩れ落ちる。

――楽しかったけど……やっぱり最後まで、不幸体質。〝不幸体質な深谷るる〟っていう〝キャラクター〟。ただのアピールポイントだったらよかったのに……最後までこうだもんなぁ。

私、がんばってきたのになぁ。やっぱり一人でいたらダメなんだね。

えみちゃん、みんな……またね。元気でね。

彼女は――いつの間にか閉じていたらしい目を開けると、遠くにあったはずの巨躯が近づいているのを知る。腕にも脚にも力が入らない、ただただ荒くて冷たい地面の感触を感じながら、視線だけがその恐怖にくぎ付け。

「――みんな、今までありがと」

『また、どこかで会おうね』。そう言ってマイクをオフにしようと、震える手を伸ばし――。

◇ ◇ ◇

うわ、あれよく見たらめっちゃレアなやつじゃん。こんなとこで見るなんてなんかすごいね。ドラゴンってあんなにおっきいのいるんだ。がーってうるさかったから耳がきーんってなってなにも聞こえないけど、たぶんここの下層の……ボスとかそのひとつ手前くらいのやつかな。あんな立派なドラゴンさんはなかなかいないけども。

中級者ダンジョンでも下層だと、上級者ダンジョンなモンスターが出ることあるもんね。

【ハルちゃん逃げて、アレはムリ】
【いやいやるるちゃん助けなきゃだろ、救助要請出てるし】
【でも今から行ったって間に合わないぞ？】【やばいって！】
【というか配信切らないとまずくない？】
【このままじゃるるちゃんの……の中継だもんなぁ】
【るるちゃんに続けてこっちの配信も非公開か……まぁしょうがない】
【最後まで観たいけど最後まで観たくない……この気持ちはいったい？】
【恋だよ】【愛だよ】【それは変では？】【あいかわらずのノリよ】

【俺はまだ信じてる……ハルちゃんが寡黙ジト目ロリなんだって】【お前……】

【ショタっていう可能性はありますか?】【初見……お前、こんなときに……】

【けど、ハルちゃんのいつもの見てるとさ】【ああ】

【このまま次の一発で、るるちゃんを救ってくれる――そう思っちゃうんだよな】

【だよな、ハルちゃんってばほとんど一発で倒してきたからさ】


あれのドロップ、おいしいんだよなぁ……いろいろと。

僕は、ばさっとリュックを逆さにしてぶちまけて、かちゃかちゃととっておきを探す。

けど、顔見せられないからドロップももらえないだろうなぁ……残念だし、さらにこの弾で大赤字。さらにさらに弾を撃つスキルで数日寝込むし、その間にダンジョンに潜って稼げるはずの収入を考えたら……今回の収支、マイナス一千万くらいなんじゃ?

一千万。

ぴたりと僕の手が止まる。

「……………………………」

お金で躊躇してる僕を急かすように、こつこつとヘルメットに破片が飛んでくるけど、そんなことよりお金だ。お金は大事なんだ。


【え、いきなり画面が】【金髪?】【ハルちゃーん、カメラカメラ!】

お金。〝現状は〟身分不詳、住居不法侵入っていう〝今の僕〟にとってはダンジョンの外でドロップ品を換金して得られるお金。僕の、唯一の拠り所。生命線。

【おてて】【おてて】【おててと……なにこれ】【でかい砲弾？】

何日かかけて作った、特殊配合の弾。僕の生きるコスパなら、これひとつで三年は遊んで暮らせる金額。その自信はある。だって、こういう緊急時のためのとっておきの手作りだもん。けど——やっぱ、人は助けないとね。命には代えられない……けども、ああ、僕の貯金。そんなみみっちい気持ちが僕の中でぐるぐる。僕はみみっちいんだ。心も体も小さいんだ。

【うわ手ちっちゃ】【え、ハルちゃんってマジで女の子だったり？】
【女の子っていうかロリだろうな、この手つき】
【いや、これだけの小ささならショタって線も捨てきれない！】【初見、お前……】
【なんか安心してきたよ】【全てをハルちゃんに託そう】
【深谷るるのピンチってことでこっちも相当人来てるぞ】
【るるちゃんと言え】【るるちゃんファンだ！　囲め！】
【ハルちゃーん、髪の毛と手、見えちゃってるよー】

【でもいつものハルちゃんなら、たぶんコメント見てない】
【ああ、見てないだろうな】【間違いなく見てない】【賭けてもいい】
【草】【有識者の方々の知見が鋭い】【あの、この配信の同接、普段の……】

かちゃっ、かちゃっと、いつも予備で背負ってきてる特製の銃に、僕お手製の銃弾を込める。ボス攻略でミスったときの切り札。〝この体〟になって一時期ひーひー言ってたから、もしものためにって用意しといた特大のやつ。でもしょうがないよね、人が死にそうなんだもん。
――かちゃっ。

「よし」

【しゃべったぁぁ⁉】【やっぱりロリじゃないか！】【登録しました】【新鮮なロリだ！】

ふぅっと息を吐き、獲物を観察。――体長五十メートルくらいのレアモンスター。定期的にポップするここのボスそっくりだけど、色が違うからたぶん耐久も高め。じゃあやっぱり一発は必要。足りなければあとは残りの弾と矢と石で弱らせるしかない。それくらいしていれば他の人も下りてこられるだろうし。
しっかしほんと、バカでかいドラゴンだなー、あれ。中層の普通の洞窟なもんだからぎゅうぎゅう詰めじゃん……。

【ハルちゃん、だから手元見えちゃってる……って見てねぇ！】
【ハルちゃん、普段から狩り終わってからコメント見る派だから……】
【まぁ見ても基本的に「ありがとうございます」とかだけだけどね……】
【その素っ気なさがいい】【ああ……！】
【とりあえずハルちゃんがマジで子供のおててしてるのだけは把握】
【あと長い金髪な】【ていうか何あの武器。見たことないんだけど】
【ハルちゃんお手製武器だぞ？】【そんなことできるの？】
【あのおててでちまちまと……ふぅ】【お前……】

無反動のロケット砲——もどき。自作だからその辺はさっぱりだ。ダンジョンでドロップした、かなりいい銃とかを分解してたらなんかできたやつ。分解スキルとか生えたんだろうね。

一般的な魔物は、銃弾くらいじゃ簡単には倒れない。倒れるんだったら今頃、世界中のダンジョンは軍隊とかが制圧してるもん。そんな攻撃でもヘッドショット……つまりコアに直撃すればそうでもないけども、図体が大きくなっていく中層以降のモンスターには効かないことも多い。

でも『撃ったけど効きませんでした』じゃ困る。僕はソロだし、事情的に救助要請は出せないんだ。だから自作武器でなんとか足りない筋力を底上げ。魔力は結構あるけど、あれって半分くらい使うとクラってしてくるからあんまり好きじゃないし、魔法での攻撃はＭＰ的な残弾がシビア。そもそも僕は魔法がほとんど使えないし、適性もないからなぁ。

そんなわけで構えた、銃でありつつもロケット砲にもなる、これ。ダンジョンのドロップ品を適当に分解して作った僕ですら仕組みはよくわかんないけども……動くならいいんだよね。弾は一発数百万……いや、素材はドロップで作ってるからほんとはタダだけども、あくまでお店で頼んだらね？

そんなお高い、とっておきなんだ。僕は普段の何倍も時間をかけて狙いを定める。


【カメラ！　カメラが肝心のモンスター捉えてないよハルちゃん！　おててだよおてて！】

【草】【幼女のおてて配信……なんて斬新なんだ】【斬新すぎる】【お手元配信か……】

【そんな発想は誰にも浮かばない】【ハルちゃんってすごいね！】

【配信者自身にやる気のない、ここでしか見られないレア配信】

【今日、初見でここ来てよかった……】【登録はしたな？】【もちろん】

【ハルちゃん親衛隊は全アーカイブの視聴が義務だぞ】【がんばる】

【ちなみにほとんど移動と待機だから大した量じゃないぞ。まぁ四年分で、週四とか五だけど】

【何その苦行】【草】【え、なにそれ、この子どんだけ潜ってるの】

【専業でも普通は週二から三だよなぁ……やっぱハルちゃんおかしいわ】

【しかも十時間以上潜ってる日でも、ひとことも発しない強靱メンタル】

【さらに土日とか祝日とか長期休みはもっと潜ることも】

【強靭メンタルでは?】【狂人の間違いじゃ?】

【あっ……】【あっあっ】

【ハルちゃーーん!　コメント見てー!!】【どうしたみんな】

【どんだけの絶望なのかって深谷るるちゃんの配信行ったら……ハルちゃんの金髪、あっちのカメラにばっちりきらきら映ってる】【草】【えぇ……】【マジ?】

【よりにもよって助ける相手から身バレするの、ハルちゃんらしいといえばハルちゃんらしい】

【これでこそハルちゃんだな!】

【うむ、ハルちゃんのキャラが定着してきたな!】【えぇ……】


「…………………………」


どうやらあのドラゴン、本来はバカでかい最下層のボスフロアで手下と一緒に動くつもりだったのが、よりにもよって中層だから狭くってあんまり動けないらしい。

『なんかここ、つっかえて狭いんだけど!?』って顔してるし。暗くて表情はよく見えないけど、たぶん合ってる気がする。わかるわかる、家具と壁のすき間に落としたもの取るときとかそうなるよね。大人の体だった頃に何回も思ったから、よくわかる。

今?　子供の体だからね……ベッドの下にだって潜り込めるよ。

そんなドラゴンさんは、かつての僕がすき間に入ったものを取ろうとあがいたようにもぞもぞしてるだけ。おかげで一分くらい経っても、助けなきゃいけない子との距離もそこまで縮まらない。

で、そこに僕もいる。

――残念だったね？　おいしそうな獲物、獲れなくって。

「ふーっ……」

この弾だけは、外せない。

だから僕は普段みたいに伏せた体勢じゃなく、立ってしっかりと構えて――引き金を引いた。こんなのが出てきてしっちゃかめっちゃかだし、誰も僕のことなんて見てないだろうし。ちゃんと立って細かい狙いを調整しやすい姿勢で。

あー、早く帰って今日の損失に悶えながらふて読書してふて寝したいな。そんなことばっかりのんきに考えて。

そうしてかしゃこんって気の抜けた音が響いてぽこって弾が飛び出す。そこでさっとしゃがむと頭にこつって瓦礫が当たる音と一緒に火を噴いて飛んでいく弾の音。

【あ、カメラ戻った】【うおっまぶし】【なぁにあれぇ……】

【あの……火ぃ吹いて飛んでくロケット的なものが……】

【ダンジョンっていう閉鎖空間でロケット砲吹っ飛ばすハルちゃん】

【草】【アグレッシブ幼女で草】【アグレッシブすぎる】【軍隊かな？】

【こんな奥の手持ってたんか……意地でもソロでやるって意志を感じる】

【どんだけぼっちこじらせてるの、ハルちゃん……】

——ばあんっ。

先ほどと同じ遠くから——けれども先ほどよりはるかに大きい、破裂音。そして何かが火を噴きながら飛んでいく音。

「——グオオオオオ——!?」

「……え?」

ずしん、とこれまでにない揺れで、るるの視界がぶれる。その衝撃で剥がれ落ちた壁が舞って視界が遮られ、何が起きたかわからない。が、ドラゴンが苦しむような声を上げているのだけは理解できた。

「……いったい何が」

砂埃に咳き込んだ彼女が次に顔を上げると——。

「——小さな、女の子……?」

光の飛び出した方向へ偶然に向かった彼女の視線の先には、壁にできた窪み……おそらくは地面から二十メートルは上にあり。首ごと上を向かないと視線が向かないそこに彼女が認めたのは——

被っているフードも帽子も外れて長い金髪が出てしまっている、ひとりの少女……幼女だった。

「……すごい……あんなに小さい子が……」

【小さな女の子……つまりは幼女だな！】
【小さなるるちゃんより小さいならそれは幼女】
【そうじゃなきゃバストサイズで負けそう】
【絶壁だから負けてるんじゃね？】【草】
【お前ら、絶壁のことをるるちゃんって言うなよ！】

煙が少し晴れて彼女が呟いた、「小さな女の子」に反応しているらしい視聴者たち。死ぬと思った矢先に大きな音と光、ドラゴンがたたらを踏む振動とで直感的に助かるかもしれないと思ったるるは——普段の癖で、ちらっとだがコメントを見て苦笑した。

——こんなときでも貧乳ネタ。ううん、むしろみんなもちょっと安心したのかも。……っと、カメラのスイッチスイッチ……。

彼女の手がしばらくさまよう。救助要請で来たと思しき誰かは、ここまで姿を現さなかったどころか、声すらかけてこない。

——ってことは訳アリの人ってことよね……たぶん。

これでも上位勢に食い込む実力はあると自負したい彼女――ただし極めて運が悪い――は、そう判断する。だから、後方に向いたカメラの切り替えをしようとしたのだが。

――今の爆風みたいなのでどっか行っちゃった。けど、暗いし遠いから配信のカメラにはシルエットくらいしか映っていないよね……たぶん。

恩人へ迷惑をかけないようにと配慮する彼女だったが、たった今死ぬところから猶予ができて気が抜けて――万が一にでも顔が映ってしまう可能性を軽く考えてしまった。

【ってるるちゃん、早く隠れて隠れて！】
【たったの一撃じゃ……って、なんかやばくない？】
【なんかでかくなってる】【違う、倒れてきてるんだ】

「ひ、ひゅえぇーっ⁉　こっちに倒れて……あ、まだ腰抜けてますね、これ。手しか動きません……困ったなぁ」

【草】【るるちゃんの肝据わってるってレベルじゃないよね？】
【いやまあついさっき死ぬって思ってたらそうだろ】
【それもそうか】【とにかく逃げてー】

「……っ！　……っ！　……だめみたい」
【腰が抜けるとねぇ……】【るるちゃん……】
【ただでさえ三回も天井から地面に落っこちてるわけだし】
【改めて、ダンジョンに潜ってレベル上げてる人間の耐久力よ】
【でもあの図体が倒れてきたらぺちゃんこなんじゃゃ？】
【レベルもＨＰも高いだろうしなぁ……】

ぺちゃんこ。
「……あはは」
そんな表現を目にした彼女は、最初の罠を踏み抜いてから初めて笑った。
【やばい、怖くて錯乱してる⁉】
【るるちゃん、お姉さんたち、もう六十階層到達だって！　あともうちょっと――】
【あ、倒れる倒れる】

空が落ちてくるような錯覚。ドラゴンという巨大すぎるモンスターが倒れてくるらしい。
――まだうなり声が聞こえるから、生きてる。そもそもモンスターのＨＰがゼロになってから消えるまでにはちょっとラグがあるもん。だから潰されたら……そのままぺちゃんこよね。それがわかっていても動かない、私の脚。腕の力だけじゃ、とても逃げ切れない。

けど……今なら、笑顔で死ねるかも。

彼女は、理由のない笑い声を抑えるので精いっぱい。

――確かに錯乱してるのかもね。だって、なんでだかわからないけど『絶対助かる』って思ってるんだもん。『帰ったらゆっくりお風呂入りたいなぁ』とか『みんなに叱られるんだろうなぁ』とか――『助けてくれた人にちゃんとお礼したいなぁ』とか、そんな『帰ったあと――未来』のことばっかり。

これが走馬灯なのかな。だったら……幸せだね、私って。

「じゃあね、みんな………って、えええええぇぇ!?」

なんだかヒロインチックでメランコリックな感情で美化しようとした彼女の前を、轟音が突き抜ける。

◇

火薬と魔力での飛翔、そして頭部に直撃しての火薬の炸裂に、弾に込められていた魔力での追加攻撃。ドラゴンさんが悶絶する声が聞こえる。けど、まだ致命傷にはならないだろう。

……普段は一発で倒すけども、今回はあと一発必要かな。どうせならちゃんとした装備で来ればこんなにお高いのなんて使わなくてもよかったのにね……まぁダンジョン内での想定外はしょうがない。もうぶっ放したんだ、一発も二発も変わらないよね。

そんなことを思いながら煙が晴れるまでにもう一発、伏せながら込めて、うなり声のする方向に再度構え――。


「！」


【え？　やばくね】【やばい】【ドラゴン、るるちゃんのほうに倒れかけてる】

【さすがのハルちゃんでもボスは一撃じゃ済まないか】

【あれ、ドラゴンが意識失っててもるるちゃんぺちゃんこなんじゃ……】


――まずい。

僕は念のためにって構えていた射出装置を片手に――窪みから身を躍らせた。軽い体が、ちょっとだけ浮く。浮遊感。落下を始める、僕の体。

【ちょ、ハルちゃんやばいって！】【落ちる落ちる！　……あれ？】

【むしろ前に加速してる？】【飛行魔法？】【いや、ハルちゃんは魔法なんて――】

お尻がひゅんってなる感じのあとに、しゅごおおって背中からの音で重力の向きが変わる。

く……首が予想以上に……！

背中に背負ったリュックの下半分は、これまた僕お手製の緊急離脱装置——つまりはジェット噴射機。これでいざとなったら飛んで逃げるためのもの。軽い体になってるから、燃料の魔力も少なくてよく飛ぶし。

ただ、初めて実戦で使ったけど……せめて速度三段階くらいにしとけばよかったぁ……！

ものすごい勢いで目の前に迫ってくるドラゴンの体。……あいつの目は開いてない。もしかしたらもうＨＰ、ほとんどないかも。でも他の装備なんて持ってきてないし、今の僕にはこれしかない。

もったいないなぁ……今回ばかりは保証してもらいたいなぁ……でもムリだよなぁ……だって顔見せたらダメだもんなぁ……。

こんなときにももったいない病を発症している僕は、あっという間にドラゴンの目元。


【でっか】【でけぇ】

【ドラゴンにここまで近寄った資料ないからこの配信……】【みなまで言うな】

【そうだな、あとで金髪ロリかショタってバレたのがわかったときのハルちゃんの慌てっぷりを見たいんだ、俺は】

【わかる】【わかる】

【さすがのハルちゃんでも声くらい上げるよな?】【いや、冷静に納得するかも】

【わかる】【わかるのか……】

「────！　────っ！」

下のほうでさっきの子が叫んでるみたいだけど、あいにくごおおおっていう僕の背中からの音で聞こえない。

「……じゃあね」

がしゃこ……あ、これ、爆風やばいんじゃ？

そう思った僕は、直後に光と音を喪失して──ちょっとだけ夢心地。その直前、リストバンドな緊急脱出装置が反応して僕をダンジョン外へと転送させようとする感覚。

あー、ドロップがー。でもあの子のこと助けられるなら、まぁいっか。

──やっぱ〝大人の男〟から〝小さな女の子〟って、こういう致命的なとこで感覚ミスるなぁって思ったんだ。

◇～～◇～～～◇～～

「……やっぱり女の子⁉」

彼女の動体視力は、目の前を高速で突っ込んでいく『彼女』を捉えていた。

「って無茶ですー！　あなたまで死んじゃいますから早く避けてくださーい！　あ、助けてくれてありがとー！」


【るるちゃんいい子すぎて泣いた】【泣いた】【っていうか女の子……やはりロリ】

【速すぎてカメラに残像しか映ってねぇ!?】

【ロリでソロで遠距離職で高レベルで今日空いてるのは……やっぱいねぇ!?】


るるの声に一瞬反応したのか、その『彼女』がちらりと振り返る。金色の長い髪に蒼い瞳、長いローブを着ていて頭には変な形の何かが王冠のようにも見える。

「……はえー、お姫様？」


【るるちゃんしっかり】【るるちゃん生きて】【恐怖で、とうとう幻覚を……】


死が迫った危機のはずなのに、気の抜けたコメントばかりが流れる。その大半は、るるの精神状態を本気で心配しているもの。

その一瞬のあと、『彼女』はドラゴンの頭部へと迫り――銃口をかちりと向け、その瞬間。

先ほどよりも激しい音、光、振動。

――そうして、るるもまた――どこかへと吹き飛ばされた。

『【悲報】深谷るるちゃん、またやらかす』


【取り急ぎ〈配信URL〉】

【いつものことながら乙】【今度は何やらかした？】

【るるちゃん、いつものことすぎて感覚マヒしてきた】

【今回こそやべえよ、ニュースサイトのトップになってるし】

【さっきテレビの速報でも出たな】【ダンジョン内の中層でボストラップだろ？】

【この十年でたったの二回とかいうレア度だっけ？】

【それを躊躇なく踏み抜くのが俺らのるるちゃんだ】

【草】【この界隈にいる誰もが知ってる事実で草】

【結構やばいって配信見ててわかってても草】

【実際、配信のコメントも「笑っちゃいけないのに笑っちゃう」ってすごい勢いだしな】

【笑いごとじゃないんだけどどうしても笑っちゃう】

【ま、まあ、コメント欄が阿鼻叫喚よりはずっとマシだから……】

【笑ってはいけないるるちゃん大ピンチ】【草】【やめて、笑っちゃう】

【るるちゃんが無事に生還したらそのタイトルで切り抜き作るわ】

【待ってる】【それ見るためにも無事生きてて……るるちゃん……】

【助かってほしいけどなぁ……保護者不在だしなぁ……】

【誰だ！　あのるるちゃんにGOサイン出したのは！】

【いや、誰だってダンジョン情報聞いたらOK出すだろって状態だったし……】

【実際るるちゃん、調子乗りつつもさくさく攻略してたし……】

【ポップするモンスターも少なかったもんなぁ】

【一応で、お姉ちゃん兼お母さんなえみちゃんも近くのダンジョンにいたみたいだけどねぇ……】

【やはり十階層連続で罠とか踏んだり転んだりしなかった分が……】

【「今日は行ける気がする！」っていうのが特大のフラグだったとは……】

【草】【ああ……幸運の揺り戻し……】

【やっぱり保護者いないとダメなんだねるるちゃん……不憫な子……】


【救助要請の援軍来た‼】

【悲報・援軍、総員一名】【それは援軍なのか……？】

【こんなときまで不幸なるるちゃんで草】【草】

【るるちゃんだって罠踏み抜くけど実力はあるもんな！】

【実力もあって罠探知もがんばってても踏み抜くけどな！】

【いや、ソロなら逆に最低でもるるちゃんと同じレベルなんじゃ？】【そうか！】

【るるちゃんクラスの実力で、るるちゃんクラスの不幸じゃなきゃ間違いなく助かるな！】

【やめろぉ!?】【もうだめだ……】【草】【お前ら、救助に来てくれた人になんてことを……】

『【悲報】深谷るるちゃん、またやらかす』2

【安心しろ、るるちゃんクラスはそうそういない】

【神社とか行くと神主さんが必ず出てきて「ちょっとあなた……」って言われるし】

【真剣な表情で、必ずといっていいほど「あなた、このままだと死にますよ……」とか言うし】

【そのくせ「あ、うちの神様じゃムリです」って言われるもんな、必ず】

【草】【投げ出されてて草】【もはや不幸っていうギャグで売るしか道はないるるちゃん】

【かわいそうなのがかわいい】【わかる】【不憫かわいい】

【わかる、あの涙がいい】【るるちゃん、報われて……】

【あまりの不幸っぷりに、ガチ勢でさえ「素敵な人を見つけて」って言うレベルだし……】

【ある意味最強だな！】【最凶の間違いじゃ？】

【あ、るるちゃんの後ろ！】

【すげぇ、あのモンスターたち、レベル四十は超えてるだろ……？】

【それを一撃、しかも十匹以上連射とか】

【そんな遠距離職いたっけ？】【配信でも誰もわからんらしい】

【いや、この子らしいぞ？　〈配信ＵＲＬ〉たまたま引っかかったけど、たぶん】

【誰？】【誰？　いやガチで】【あの、バナーとか初期状態なんですけど……】

【そっちからの合流組いわく、三十分前まで登録者十人とかいうレベルだったらしい】

【配信三年以上でそれはやべぇな】【やべぇ】【それはちょっとおかしい】

【どんだけしょぼい配信者でも、三年もやってたら登録者だけでも百はいくだろ……？】

【いかないからやばいんだろ？】【なるほど】【確かに】【やば】

【空気……そうか、不幸のるるちゃんに対抗するには空気キャラ……！】【草】

【いやまあヘッダーもアイコンもなし、なんか配信の数だけすごいしさ……配信時間も十時間以上とかいう日があるのに、タイトルはその日の日付で「今日の狩り」だし……やる気あんの？　この子？】

【あったら十人とか逆にレアなことにはなってないだろ……三年だぞ？】

【毎日のように配信してるみたいだし……ソロで】【やっぱりちょっとおかしいわこの子】

【で、るるちゃん助けるために来た、ハルってやつはどこよ？】

【ハルちゃんだ、間違えるな】【合流組だ！　囲め！】

【ハルちゃんはな、寡黙でジト目でじっとしているのが好きなダウナー系ロリなんだ】

【マジか!?　じゃあなんでそんなに人少ないんだ】

【だって俺たちの想像だもん】

【一回も声出しどころかおててても顔も出したことないし……】

【それはあなたの想像上のハルちゃんなる人物像ではないでしょうか】

【草】【草】【もうだめだ……】【早々に諦められてて草】【だって……ねぇ……？】


【悲報・正体隠したい系配信者のハルちゃん（仮）、三年越しでおててと髪の毛と声がバレる】

【こんなところにまでるるちゃんの不幸が伝染してて草】【草】

【るるちゃんの不幸……伝染するんだ……なにそれこわい】【怖すぎて草】

【耐性がないと巻き込まれる……それが深谷るるちゃんだ】

【やはりるるちゃんはこうして配信見ながら実況の距離感が至高……】

【握手会でよく設備が壊れて落ちてくるもんな、いつもお姉ちゃんが助けてくれるけど】

【えみお姉ちゃーーん！　はよ来てー！】

【で、ハルちゃんって援軍が、最低でもロリかショタで金髪ロングって確定したと】

【それでもるるちゃんの貧乳っぷりには勝ちそう】

【あのフラットチェストはなかなかのものだから……】

【逆に筋肉なくて子供体型だと胸に付いた脂肪で負けそう……】

【とか言ってる場合じゃなくて草】【ちょっと目を離したらなんかすごいことになってる……】

【ドラゴンまで出てきて草】【一難去ってまた一難ってレベルじゃねぇ】

【だってるるちゃんだし……】【だってるるちゃんだぞ？】

【もうそれでいいや】【草】

【ハルちゃんまで盛大に巻き込まれてて草】【二人とも逃げてー、超逃げてー】

【ちょっと待て、ハルちゃんのほうの配信、ハルちゃんが逃げるどころかなんか構えてる】

【悲報・ハルちゃん、ぶっ放し系ロリｏｒショタ】

【るるちゃんにかかるとなんでも悲報になるな】

【だってるるちゃんだよ？】【そうだった……】

【この子、最低でも二百メートルの距離で動いてるドラゴンをヘッドショットしたぞ……いくら動きが鈍いからといっても、初弾で】

【すげぇ】【ヘッドショット系ロリ？】【ショタでも可】【誰だ今の】

【るるちゃんに対抗するんだ、それくらいじゃないとな】

【って倒れるー!?】【悲報・るるちゃん、運悪すぎ】

【ええ……るるちゃんから見て後ろから飛んできた弾……弾？がドラゴンの真正面から直撃して、そのドラゴンが後ろじゃなく前に倒れることなんてある……？】

【見えない謎の力が働いてるんだろ……だってるるちゃんだし……】

【やっぱり『呪い様』か……】【ハルちゃんって子、かわいそう……】

【せっかく助けに来たのに……ああ、るるちゃんがぺちゃんこに……】
【悪運は強いからなんだかんだ大丈夫だって信じてる】【俺も】
【悲報・るるちゃん、「お姫さま……?」とか言い出す】【幻覚見てるのか……】
【⁉】【⁉　なんだ今の】
何がお姫様なのるるちゃーん⁉】【飛んでるー⁉】
【悲報・ヘッドショット系ロリ、飛んだ】【えぇ……】
【これもまたるるちゃんのせい……】【あ、配信切れた】

『**【悲報】深谷るるちゃん、またやらかす【もうおしまい】**』

【ハルちゃんのも切れたな】【どうなったんだ……⁉】
【とりあえずこっち〈配信URL〉で三日月《みかづき》お姉さんの視点から見ようぜ】
【るるちゃんの救助に駆け付けてる、るるちゃんのパーティーメンバーの配信か】
【えみちゃん、泣きそうになってる……】【泣かないで】
【えみお母さん、あと五層がんばって】
【るるちゃんもハルちゃんって子も、どうか無事でいてほしいな】
【無駄かもしれないけど祈っておく】【俺も】
【ちょっと神社でお参りしてくる】

【でもるるちゃん関係だと神主さん出てきそう……】

【草】【不謹慎なのにどうして……】

【なんだかんだでるるちゃんは無事そうだから、神主さん出てこなそうなハルちゃんのこと祈ってこよっと……】

【それがいいと思うよ】

【ハルちゃん……無事で……あ、るるちゃんは面白いリアクション期待してるからね。ひょっこり元気な顔を出してさ】

◇

【深谷るるちゃんが死んじゃったって⁉】

【それデマだって、まだ確定してないからな】

【俺配信見てたけど、なんか助かったって思ったらピンチに戻って、るるちゃんが幻覚見て爆発でカメラ途切れた】

【るるちゃんが変なこと言うのはいつものことだけど心配】【草】

【今来た俺には何が何だかまったくわからない】

【安心しろ、見ていた俺たちも、これっぽっちもわかってない】【草】

【こんなときでもクセありすぎる俺たちのるるちゃんで草】

【だってるるちゃんだし……】

【今回るるちゃん、ソロでしょ？　いつものメンバーの誰かがいないと】

【なーんかやらかすよね】【やらかす】

【むしろやらかさないとるるちゃんじゃない】

【安心安定のるるちゃん配信】【『呪い様』プレゼンツでお送りします】

【なんでこんなに空気緩いの？】

【なんかるるちゃんは無事な気がするんだ……】

【そうだぞ、俺たちは信じてないといけないんだ】

◇

深谷るるの配信が――ドラゴンが倒れてきそうになってからの爆発による電波切れで終わってから、少しして。

彼女を助けるためにと駆け付けたうち、彼女に最も近い六十階層まで下りており、かつ彼女のお目付役として有名な同じ事務所の、三日月えみの配信。そこにるるの配信からの難民がそのまま移住してきており……えみの配信の同接数は過去最高となっていた。

――こんなの、喜べるはずがないじゃない。

ぎり、と歯を噛みしめながら、それを視聴者に悟られないようにしつつ、えみは切れ長の目を細める。

このダンジョンは中規模。郊外にあるものの近くに駅もあるということで、付近の人間が頻繁に潜っている。しかも、定期的にモンスターが補充される——魔力が増える時期までは、まだ半年以上の予測。だから、協会のＨＰで確認した限りでもアクティブなモンスターは圧倒的に少なく、だからこそ、るる一人でも問題はないだろうという判断をした。

——まさか、落とし穴の罠に落ちそうになるたびに穴の周囲の岩を掴んだりして緊急脱出装置——リストバンド型のそれ——が少しずつ壊れたらしく、連続で三回目に踏み抜いてしがみつこうとしたときに外れるだなんて、不運にもほどがあるもの。

普通じゃ、ありえない確率だもの……あの子、お祓いとか行ってもお断りされちゃうものね。本当、どこへ行っても祓ってもらえなくって。


【るるちゃんの不幸体質っぷりは知ってたけど……やっぱ一人はダメだわ、あの子】

【無事だといいけどなー】

【あれだけ準備してきて「やりすぎじゃない？」って総ツッコミだったけど、それでもやっぱ足りなかったわ】

【でもさ、あの子より深いところに潜ってた誰かが召喚されたモンスター叩いたところまではわかってるんだろ？】

【ボスモンスターな】【マジかよ】

【じゃなきゃ押し潰されるとかないだろ、大きさ的に】

【るるちゃん自身も、不幸さえなければ充分中級者だしなぁ】

【レベルも普通に十を超えてるもんなぁ】

【危険察知能力と回避能力は突出しているんだ……】

【でも急展開すぎてさっぱりだな】

【るるちゃんが途中から幻覚見ちゃったからなぁ……】【るるちゃんだからなぁ……】

【草】【割と本気で生死がかかってるのにこの扱い】

【明日の一面で訃報が出るかもしれないのに草】

【いやだって、るるちゃんだし……】【るるちゃんだしなぁ……】

【心配はしてるよ？　してるんだけど……】

【なんかことごとくギャグになりそうだって、調教された俺たちは思えてならないんだ……】

【ギャグで笑いたい……だから無事でいてね、るるちゃん】


──リスナーさんたち、不安は不安でもいつも通りに冗談が言えるみたいだから、まだ大丈夫なのかしら。

周囲のメンバーの安全にも気を配りつつ、それでも彼女は先を急ぐ。

──マネージャーさんから「るるをソロで潜らせる」と言われ。そのダンジョンの様子を聞いて「それなら大丈夫そうね」って同意してしまった私を、数時間前に戻って引っ叩きたい。

後悔の念で焦りつつも、二次災害の危険もあるということで慎重に急ぐ彼女。

――今はさらなる被害を出さないように。それだけを考えないと。


【えみちゃん……心配だよね……】

【普段はお淑やかにしてるのに】【今はおっぱい揺れてる……】

【冗談言ってる場合じゃねぇ！　でも揺れてる‼】

【こんなときにも男な俺たちが罪深い……】

【えみお母さんならきっと受け入れてくれるさ】

【お前ら……】【俺たちは信じてるんだ、るるちゃんの無事を】


――救護班の人たち、ダンジョンでの救護の専門の人たちも、すぐ後ろで追ってくれているはず。

生きてさえいれば、きっと助かるわ。ええ、きっと。だって、治癒魔法が間に合えば、きっと。

トップランカーの事務所のひとつ、その中でも濃いキャラで名前の売れている深谷るるの遭難と聞いた視聴者が、数秒おきに膨れ上がる。


【ハルちゃんも大丈夫かなぁ】

【アーカイブ見たけど、るるちゃんとほぼ同じタイミングで配信途切れてたよね】

【ああ。そもそもハルちゃん、特攻とか無茶しやがって……】

【フライングロリで盛り上がったのになぁ……】【まさか自爆とは……】

――ハル、という子がるるを助けようと。

配信のコメントには〝彼女〟の配信からの難民も――〝彼女〟の配信に元からいた数人も紛れており、そこからだいたいの事情を把握したえみ。

――ハルという、小さな子。

推定で食べごろのロリかショタ……こほん、小さい子ね、小さい子。

七十七層より深く潜っていたらしいし、普段からソロだって話。小さいということはおそらく小学生――それでも親御さんやダンジョン協会からの許可が出るくらいの高レベルなのは間違いないし、せめてるると二人でどこかの隙間に隠れていてくれたら嬉しいけど。

【ハルって誰?】

【るるちゃんの救助要請で駆け付けてくれた子。年齢も性別も秘密な配信だったけど、カメラが傾いちゃって、るるちゃんより幼そうって判明してる】

【あのぷにぷにおててはは間違いなく幼女】

【まだショタだっていう希望がある!】【初見……お前……】

【いやまあ金髪ロングならロリでもショタでも】【通報しました】

【るるちゃんとどっちが絶壁?】【るるちゃんだろ……本気で走っても揺れたことないし】

【雑談回で「Aはあります！」って言ってたからたぶんAAだしな】【AAAかもしれんぞ】
【るるちゃんのことだから絶対盛ってるもんな！】【草】【ひでぇ】

――るるったら、セクハラコメントも結構楽しんでたものね。でも。

「ごめんなさい。でも、るるの相手は私が見定めますから。それに、慎ましいのだって女の子らしいでしょう？」

――ええ、そうよ。私の胸みたいに贅肉まみれではなく、限りなく平坦な体つきが至高なのよ。

【確かに】【それはそう】【育てる喜びがあるもんな！】
【育つの……？】【ひどくない？】【草】
【お母さん！　娘さんを俺にください！　お祓いした後で！】

「ダメです。むしろ私が嫁にもらいます……お祓いしてから」

【草】【百合宣言！】【でも実際るるちゃん危なっかしいし……】
【るるちゃんのファンでさえ「将来はいい相手見つかるといいね」とかいう態度だし】
【いや、あの体質はよっぽど幸運じゃないとことごとく貧乏になりそうだし……】
【るるちゃんは本当にかわいいし応援したいしガチ勢だけど、じゃあ引き取るかっていうと……】

【なぁ……？】【俺たち自身のリアルラックがマイナスになりそうで……】

【こわいもん……】【草】【るるちゃん自身はほんといい子なんだけどなぁ……】


——どうか、無事でいて。

えみは長いストレートの髪を振り回し——地面にぽっかりと空いた、るるが落ちたと思しき落とし穴へと、一秒でも早くたどり着くため——身を、躍らせた。

◇　◇　◇

「……っ……！」

「……これは……酷いです。ここまでダンジョン内の崩落があったのなんて、これまでの救助活動で初めてかも……」

階段を下りてきた一行は、息を呑むばかり。

えみも、フリーズした彼女に追いついた救護班や駆け付けた人々も、絶句していた。

本来なら救助のスペシャリストのはずの救護班、その指揮役と思しき若い——おそらくは、るるやえみと同世代の——ポニーテールの少女は、思わずといった様子で両手で口元を覆っている。

ダンジョンとは、魔力が暴走して生成されたもの。地下の空洞ではあるが壁や天井、地面は多少の攻撃では小さく欠ける程度。ここまで大規模に——瓦礫が散乱していない地面の面積のほうが少ないのは、前例がないという。


【るるちゃん……】【ハルちゃん……】

【るるちゃんに巻き込まれたハルちゃんって子、かわいそう……】

【ハルちゃん、不幸すぎ……】【ハルちゃんかわいそう……】

【草】【お前ら、るるちゃんの心配もしてやれよ！】

【いやだって、俺たちはるるちゃんの不幸を知ってるけど、その子は知らないんだろ？】

【笑っちゃいけないけど笑っちゃう……これがるるちゃんか……】

【決定的になるまではコメディにしてくれるのがるるちゃんだもんな！】

【お願い、無事でいて……】


「……とにかく、配信の分析で、深谷さんがいたおおよその位置はわかっています。ハル、という人のものはまだ不明ですから、そちらの捜索のほうに人手を割きましょう」

「ええ、そうですね。るる――深谷のほうは、私たちパーティーメンバーを中心に……」


【でもこんなの配信して大丈夫なん？　もし死んじゃってたら……】

【配信しないわけにもいかないだろ。ニュースもＳＮＳもこの話題で持ちきりだぜ】

【昨日もテレビに出てたしなぁ、るるちゃん。それに、ダンジョン潜りの安全性のための緊急脱出

装置が壊れて使えなかったってのは、大問題だし】
【ただでさえ同接と売名目的で結構来てるらしいからなぁ】
【二次被害は後味悪いしな】
【それでも俺たちのハルちゃんならきっと助けてるはずだ】
【ハルちゃんって誰よ】【るるちゃん助けた子だよ】
【そのハルちゃんっての、強いの？】【ああ】【お？　聞きたいか？】

るるの名前を叫びつつ瓦礫を慎重にどけていく作業の傍ら、えみが流し読みで読むコメント。そこへ詳しく語られるハルという子の説明に、一瞬手が止まる。

【三年前から延々と、ほぼ毎日数時間ダンジョン潜って】
【三年半前だぞ】【すまん、間違えた】【いいんだ】
【それで、最初はそこまでじゃなかったけど……なにしろほぼ毎日、ほぼ一年中ひたすら無言で潜ってだいたいのモンスターはワンショットだから、かなりのレベルとスキルのはずなんだ】
【まぁあれは、レベルはともかくスキルは相当だよな】
【アサシン系統はほぼコンプしてそう……どこまであるのかは知らないけど】

——最初からソロで、こんな暗くていつモンスターに襲われるか怯えなければならないダンジョンに？　しかもなめ回したいロリ……こほん、小さい子が？　何か事情があるのかしら……いえ、ソロを選ぶ人はだいたい性格にクセがあるものだけれど……？

【最初は銃だっけ】【それから石をパチンコでとか矢を弓でとか】【コスパいい方向にシフトしていったんだよな】【その頃はコメントでよく相談したもんだ】【配信中なのになぜか配信主までコメント打っててな】【徹底してしゃべらないんだ】

――絶対に、声すら出さない主義。男の人が怖い、か弱い女の子なら仕方がなさそうね。そういう子を優しく抱きしめてあげるのが……こほん。こういうときこそ同性な私の体で……こほん。

【それにしてもよくもまあ、あんだけ遠距離攻撃系のスキル上げたもんだ】【毎日一人で延々狩って全部一人でやってりゃあれだけいくわな……ソロだから経験値も全部自分のものだし】【コストもリスクも全部だから、最初は本当大変そうだったけどな。だからコストゼロな石とか使うようになってたんだが】【去年だったか？　一時期銃しか使わなくなって、しかも狙い外しまくりで不調だったみたいだけど……そこからは魔法も使えるようになって結構な頻度で最下層まで行ってたよな】

【あれ、なんでだったんだろうな？】

【移動ですら休憩を頻繁に挟んでたし……体調崩してたっぽいんだよな】

【でもさ、最下層をソロで？　そんなのえみちゃんでもムリじゃね？】

【相性次第だけど……ここはドラゴンらしいから、接近戦なえみちゃんでもるるちゃんでもムリだろうなぁ】

【遠距離なら隠れながらちまちま撃ってれば。だけど飛んでこられたら……だし、普通は怖くてやっぱソロじゃやらねぇもん】


――ソロで、ボスモンスターを？　何回も？　なんでそんな子が今まで誰にも知られていなかったの？

コメントの流れで知った、つい数時間前まで登録者が十人だったという『ハル』という子。

でも、そんな子もるるのせいで……。


――そう、コメントのほうに意識が向いた彼女の下。

そこから、不意に――聞き慣れた声がした。


「あ」

「え？」

「やっほ」

――この声。

「……るる？」

「下から見てもおっきいおっぱい……やっぱりえみちゃんだ」

【え？　るるちゃん？】【るるちゃんいたぁ!?】

【体育座りでおとなしく待ってたるるちゃんかわいい】

【なんか元気そうで草】【えみちゃんがおっきいって!?】

【下から見たら……すごそうだもんなぁ……】【ふぅ……】

【お前ら、そんな場合じゃないだろ!?】【ちょこんとかわいい】

【よがっだぁぁぁぁ！　生きてたぁぁぁ!!】【ああああああ】

【出会い頭におっぱい判定とかるるちゃんでしかないな！】【ああ……ああ……！】

ぽこっ、と。

コメントを見ながら瓦礫をどけていたえみの真下。屋根になる絶妙な形で平べったい岩に囲まれて守られていた、るるが……体育座りをしたまま彼女を見上げ、いつもの間の抜けた顔つきをして見上げてきていた。

「えみちゃん、埃まみれ」

「……るるのほうこそ……」


【感動もへったくれもない再会で台無しだよ！】【草】【草が生やせて感激】

【これがるるクオリティ】【さするる】

【さすが……って言うべきなのか？　これ】【「不幸」中の幸いだからな！】

【よかった……これでとりあえず安心できる……】

【るるちゃんはよかった……でも、ハルちゃんは……？】


そこからさらに、数時間の捜索が続く。配信のコメント欄は『ハルちゃん情報』を布教する数人のおかげで、リスナーのほぼ全員へ……さらにはニュースサイトやＳＮＳで、その情報が拡散されていく。

ほとんどのモンスターはヘッドショット一撃で倒す凄腕。

ソロ。

ぼっち。

孤高の存在。

自分から、貴重な十人の登録者とさえ距離を置いて、ぼっちを貫く勇者。

――そして、子供の手の甲と長い横髪――それも金色の。

ロリ。

またはショタ。

ちょっとおかしいことをしているソロプレイヤー。


【捜索打ち切りだってさ】【ハルちゃん……】

【まあまあ、緊急脱出装置で外に飛ばされて気を失ってる可能性が高いって話だし】

【それなら心拍と脳波に問題はないってことだしな】

【残りは救護班さんたちの周辺探索か……】

【ひょっとしたらいつも通り、ろくにコメントも見ないでさっさと帰って寝てたりしてな】

【ありえる……ハルちゃんならありえる……】【ああ……!】【えぇ……】【草】

【あの子、普段からろくにコメントも読まないし、そもそも普段から世捨て人的な生活してるみたいだから、たぶんニュースとか見てないだろうし……】

【ハルちゃん、獲物を待つ間に何してるかってコメントで「持ち込んだ本読んでます」って言ってた猛者だし……】

【草】【え!? いつ襲われるかわからないダンジョンの中で読書を!?】

【いや、さすがに熱中できる物語とかは控えているらしい】【違う、そういうことじゃない】

【擁護の声すら完全にずれてて草】【えぇ……】【なぁにそれぇ……】


「いったいどんな子なんだろうねぇ、ハルちゃんって子。……無事だといいなぁ」

「……あなたはまず謝罪とお礼、あとは罪滅ぼしね」

「えみちゃん⁉」


【調子が戻ってるるるちゃん】【嬉しい】

【でもいつも通りのお母さんと娘で草】

【とりあえずるるちゃんはハルちゃんに詫びるべきだな】【脱いで?】

【すでにハルちゃんが無事に帰ってる前提になってて草】

【だって、ここまできたらみんな無事でハッピーでいてほしいじゃん?】【それな】

◇ ～～ ◇ ～～ ◇ ～～

「～～～～♪」

あー。やっぱ疲れた体にはお湯とお酒だよねー。

「ひっく」

僕は、いつも通りに沸かしてあったお湯へ……帰ってすぐに服を脱ぎ捨ててじゃぶんと飛び込んで、用意してあったお酒をぐいっと飲んで仕事帰りの一杯を楽しんでいた。

いやー、今日は大変だったなー。損したこととか忘れてお酒飲むじゃおー。

何か忘れてる気はしたけども、そんなのどうでもいいやー。

あー。お酒、おいし。

「ぷはぁ」

くーっ、疲れた体と魔力欠乏なこの状態にお酒が効くぅー。

二章 『ヘッドショットロリ』の逃亡と捜索

衆人環視でのお説教。ごつごつした床に正座するという最大限の誠意を示するると、それをため息をつきながら見下ろすえみ。彼女たちの配信では、日常の光景だった。

「るる……本当にあなたって子は……」

「だって大丈夫だって思ったんだもん。えみちゃんだって、いいって言ったもん」

【公開お説教で草】【周りの配信者たちからも三百六十度囲まれてて草】

【まぁねぇ……】【これは仕方ない】【ラウンドビューお説教】【草】

【ドラマの収録かな?】【家族ドキュメンタリーだろ】【へっぽこJK主人公のな!】【草】

「みなさん、本当に心配していたんですよ?」

「だってマネージャーちゃんもいいって言ったもん!」

「悪いと思っています?」

「あ、うん、心配かけちゃったもんね」

【素直るるちゃんかわいい】【素直なんだよなぁ、ほんとうに……】

【全世界生中継お説教で草】【まぁるるちゃんだし……】

【でも結局いつも通りで草】

【罠踏んでやらかすいつも通りでしかない】

【実家のような安心感】【とりあえずこれ見れてよかった……】【この正座が癖になるんだ】


周囲には人だかり……彼女と、〝まだ見つかっていないもう一人〟を捜すために来た救護班や、近くのダンジョンに潜っていた彼らは、まるで緊張感のない説教を聞きながらひと息ついていた。

「いや、しかしよかった。こんな状況で奇跡だな」

「おっと気をつけろ、さっきその辺の天井が崩れてきたぞ」

「しかし、たったの二発でこれだろ？　どんだけの威力だったんだ」

「ここのドラゴン……耐久高いから普通の代物じゃねぇな。それに天井まで少し剥がれて……極大魔法でもぶっ放したのか？　なんてな」

「こんなことできる魔法なんてないだろ」

「冗談だ。魔法を極めた先のスキルっていう、ただの伝説だよ」

「おい、そこの壁際もかなり崩落している。あまり近づくな」

「でも、彼女を助けたっていうもう一人も捜さないと……」

【モブっぽく話しているけど、先月の配信同接ランキングトップ五百に入ってるやつも結構……そ

うそうたるメンバーだな】
【同接目的で他のも結構来てるけど、自分の仕事投げ出してきてるから偉い】
【こういうのはいいよな】【ダンジョン配信はお互い様だからな】
【これが「るるちゃん捜索隊」ってのがまたいいオチだな！】【草】
【るるちゃん捜索隊で草】【全て台無しで草】【るるちゃんだからね……】
【まるで企画みたいになって草。本当の事件だったのに】
【それで何にも間違っていないからもうそれでいいや】
【ハルちゃんさえ無事ならほんとこれで大団円だな！】【無事でいて……】

「でもでも、本当に何回も潜っていいか聞いたもん！　それで大丈夫だってマネージャーちゃんもみんなも言ってたもん！　アクティブなモンスターも通常の一割でソロでも大丈夫だって！　入るときの守衛さんも！　えみちゃんだって『がんばって』って言ってたじゃん！」

【子供みたいなでもでもだってがかわいい】【かわいい】
【子供みたいなるるちゃんが好き】【好き……】【わかる】
【お前ら、信じられるか……？　これで高校生なんだぞ……？】
【え、無理】【信じるのなんて無理でしょ……】
【おっぱいもないし……】【絶壁だし……】【おしりもないし……】

【せいぜいが中学生でしょ……】【草】【さんざんで草】

「はぁ……それ、るる自身の運の悪さ。今回改めて自覚しても言えるの？」

「もう言えない」

「でしょうね」

【草】【るるちゃんが反省しているだと……!?】

【えみちゃんのあの顔で踏まれたい】

【リーダーえみちゃんに見下されたい】【お世話されたい】【わかる】【ままぁ……】

えみによって救助され、周囲から心配されながら医療班に応急手当をされ——「すり傷程度ですね」「念のために治癒魔法を重ねがけしましたけど、頭も打っていませんし大丈夫でしょう」「これだけの崩落で奇跡的にできた空間にいられたのがよかったですね」と肩透かしな、それでいて安心できる診断が下りたことで、ここだけは緩い雰囲気。一応でも治癒魔法がかけられたため、万が一もないという安心感が広がっている。

えみ——切れ長の目、鍛えられた体に母性の象徴、世話焼きな性格。るるがいちばん高い頻度でパーティーを組む……もとい危なっかしすぎるからメインで組まされている、そのリーダー。彼女はよく、本当によく……こうして、るるを叱る。軽いものから本気のものまで、配信で一回は必ず。

それは――〝呪い様〟での〝不幸体質〟を、ただのキャラ付け、ただのコメディにするための、あえての演技でもある。もちろん、少なくない批判のコメントが流れているだろう、今の流れを変えるためにも。

【やっぱりお世話係がいなきゃダメだよね、るるちゃんって】
【どんだけ気をつけていても罠を踏み抜くるるちゃんにゴーサイン出したマネージャーさんその他が悪い】
【保護者の監督責任だもんな】【まぁ『呪い様』が相手だし】
【人知を超えた何かだからな、怒ってもしょうがないよ】【それな】

「……確かにそうなんです……だから怒りきれないんです……この子なりに予備の装備をいつも持って、講習などに出てがんばっているのは知っていますから……ええ。本当に、がんばっているんです……今回だって、不幸がこんなにも重ならなければ問題なんて起きるはずは……」

【草】【すごいため息】【顔から苦労がにじみ出ている】
【えみちゃんなかないで】【ないて】【ぺろぺろ】
【実際、『呪い様』が荒ぶるまではむしろ講習の参考になるレベルの慎重さだったしなぁ】

「えみちゃんぺろぺろしていいのは私だけなんだから！」

「――るる？」

「ひゃいっ！　黙ってます‼」

【草】【えみお母さんのトーンが下がって草】

【るるちゃん……調子に乗るから……】【えみちゃんのこの声が、ぞくっとくるんだ……】

るるはえみの前では、子犬でしかない。やんちゃすぎて手がつけられなくて、でも性格はいいし人懐っこいし言うことはちゃんと聞く――のに、ことごとく物に当たって落としたり壊したりするタイプという……本当に扱いに困る質の。

【でもよかった、この様式美がまた見れて】【もうダメかって思ったもんなぁ、本当】

【結局見つかんないの？　助けてくれた子って】

【万が一バイタルが……ってことでも、アラートが出るはずで、出ないってことは無事らしいんだがなぁ……】

【ほんとどこ行っちゃったんだろうなぁ、あのロリ】【ショタです‼】【初見さん……】

「……ええ、そうですね。崩落の危険もあるということで、そろそろ撤退しなければならなそうですし、まずは早く脱出しましょうか」

　叱られてしゅんとしているるるを放っておいて、えみは辺りを見回す。僻地の中規模ダンジョン、七十七層。なんでも初心者から中級者が低層に潜るのに適し、かつモンスターの数が少ない時期のほどよいダンジョンなそこは、るるが帰省先での思いつきで入り込んでしまった場所。

　――もちろんマネージャーさんもそれを知っていたし、ダンジョン内のアクティブモンスターの情報とかるるの装備とかを知っていて、許可したはずなんだけど。

　ごく普通のダンジョンでも、全体の階層の半分を超えると難易度はひとつ上がる。ユニークモンスターも出やすくなるし、罠も増える。

　――ダンジョンの更新時期だから罠もモンスターも大半は出尽くしているはずなのだけれど……まぁ、「いつものるるだから」って言えば不思議はないんだけど。


【この人数で三十分くらいかけて捜していないんなら、もう帰ったんじゃ？】

【仮にケガとか重傷だったとしても、どっかに装備くらい落ちてるはずだもんな】

【そうじゃないってことは大丈夫なはず】

【意識失ってたら、自動で地上の救護班へ転送だしな】

「その人の装備は本当になかったんですよね？」

「そうだな。俺たち有志の救助隊も、彼女の証言から飛ばされたと思しき方向の瓦礫を見たが、本当に何も……」

「救護班も、所持品らしきものは何も確認していません」

「装備どころか血とかもないみたいだから大丈夫だとは思うが……」

「あのっ、小さな女の子だったはずなんです！　大きいマント……ローブで王冠の！」

がばっと立ち上がり……少しふらついて救護班に腕を支えてもらいつつも、るるは主張する。

「るる……帰ったら精密検査、受けましょうね」

「えみちゃんなんでそんな優しい声出すの⁉」

「大丈夫よ。何があっても、私はあなたの味方よ……」

「なんで優しく抱きしめてくれるの⁉」


【草】【めっちゃ優しい声で草】【えみまま……】【幻覚だと思われていて草】

【実際配信じゃ解像度低くて、金髪くらいしかわかんなかったし……るるちゃんしか見てないもんな、ハルちゃんって子】


「二発目っ！　ドラゴンへの二発目のとき、あの子しゅごおおおーって飛んできて、きらりんって一瞬目合ったの！　金色で青いおめめのかわいい子！」

【るるちゃーん、あのとき目が合ったって言ってない言ってない、横顔見たって言ってた】

【すーぐに記憶捏造するー】【ほらもー、そういうとこだよ】

【仮に本当だったとしても、瞳の色とかまた個人情報まき散らしてる……】

【あっ……】【草】【ダメでしょるるちゃん！】


「私にほほえんだのー!!」


【言ってない言ってない】【意固地になってる、るるちゃんかわいい】

【だからあのとき言ってなかったよるるちゃん……】

【でもさ、画面に映らない距離からほんの数秒でドラゴンの頭に接近したんだろ？　そんな飛行魔法あるのか？】


そんなやり取りを横目に、えみは下に視線を落とす。

——レベルの高い私たちなら、カメラで追えないものも認識することができる。命のかかった状態で、そんなでたらめなことをしている相手がいたら本能的に追うはず……嘘や記憶違いではないのでしょうね。

ああ、私もそんな女の子がいたら迷わず抱きしめてその金髪に鼻をうずめて脳天が痺れるまで、そしてあわよくば一緒にお風呂に入って洗いっこして未成熟な体を——こほん。

「……けど、今はそんな場合じゃないわね。るる、ほら、担架に」

「ん！」

ポニーテールをした救護班の少女に支えられてなんとか立っていたものの、ふらふらとまた座り込んでしまったるる。どうやら意識が戻っても腰が抜けたままらしい彼女は、頬を膨らませて両手をえみのほうに差し出した。

「……ん！」

「あのね……」


【いつもの】【るるちゃん甘えるの得意だもんな】

【で、えみちゃんはそれに弱いお姉様属性】【お姉様……はあはあ】

【でも、リストバンドですぐに脱出しなくていいの？　るるちゃんだよ？】

【草】【ま、まぁ、今はえみちゃんたちいるし……】

【もしかしたら上に向かう階層のどっかにハルちゃんって子がいるかもってことで、その捜索も兼ねてるらしいから……】


「……仕方ないわね、抱っこね……」

「やった！」

「……改めましてみなさん。救護班の方々、有志の救助隊や救助要請で駆け付けてくださった方々、本日はありがとうございました」

「ました！」

るるが「やっぱり担架はやだ」と駄々をこねた結果、おんぶをしているえみ、されているるるの二人からの声が響く。

「この通り、るるは無事です。……二次被害の可能性が高いので、この子を助けてくださった方の捜索は中断。以降は私の事務所の者たちが責任をもって行います」

その声を聞き、ある者は残念そうに、ある者はぱらぱらと降り続ける天井からの小石を避けつつほっとして。

「あ、あのっ！　お礼、マネージャーちゃんから出ますから！」

「ええ、どうぞ遠慮なく問い合わせてくださいね。今回はリストバンドの耐久力不足という欠点も露呈しましたし、ダンジョン協会側からもなんらかの補償があるはずです」

「まぁ無事でよかった」

「るるちゃんだけでもな」

「しかしドラゴンを二発で……そんな遠距離専門いたかな……」

「いや、確かいる。たまに救助要請を受けて、今回みたいに姿も声も出さないで助ける変わり者がいるらしいって俺のリスナーが……」

「ああ、俺も聞いたことが……」

「あたまいたい」

やっぱあんだけぶっ放したあとにお酒飲みながらお風呂入ったからかなぁ……。あー、MPゼロの頭にアルコールが、がつんって効くー。

体にまとわりつく長い髪の毛がうっとうしい。感覚の鈍りはじめた成人の肉体とは違って、幼くて触覚に敏感な肌がぴりぴりと痛い。

「魔力も使いすぎた……」

こりゃあ一ヶ月は本調子に戻れないなぁ……緊急出力で飛んだし、今度こそって弾にも、ものすごく魔力込めちゃったからなぁ。まぁあの背負いロケット、スイッチはオンオフだからどうせフルパワーしか選べなかったんだけどね……。今度、改造しなきゃ……。

ボスモンスター相手にゼロ距離射撃——僕が撃った弾でHPがミリ残ったドラゴンが、あの子に倒れようとするっていう変な動きをして。だから急いで二発目をぶっ放した僕はすごい爆風にあおられて、あの直後、天井に空いていた穴から七十七層の上の七十六層に飛ばされた。緊急脱出装置の作動を停止させるためにって、消えそうな意識を無理やり——息を止める荒技で、つなぎ止めながら。

ほら、授業中どうしても眠くなって、でも寝ちゃいけないときのあんな感じってあるじゃん？　学生時代に編み出したんだよねー、息止めて死にそうになると意識はっきりするって。だから七十六層に着いても動けたんだけど……でもなんで天井に穴が？　おかげで地面に叩きつけられて痛い思いはしなかったし、なによりあの子に見つからずに済んだけど……なんで？　爆発で空いたのかな……実戦で一回も使ったことない威力のだったし、僕のせいかもしれないけど。

で、緊急事態ってことでほぼ全力を出し切っちゃったせいでふらふらだった僕。リスナーさんからその子が……名前はもう忘れたけど……大丈夫そうで、もうすぐ捜索隊が来るって教えてもらったから配信オフにして、ひーひー言いながらはいずるようにしてアパートに帰ってきて……ごらんの有様だ。魔力……つまりは精神力と体力がほぼガス欠で、もうだめ。

よく考えたらリストバンド使えばよかったけども、僕はケチなんだ。

「もっかい寝よ……」

動くのもだるいけど、お風呂上がりで結構汗かいてるし。カゼ引いたら困るから、着ていたシャツを脱いでべちゃっと投げつけ、新しいのをふわっと着直す。

——金色に輝く長い髪の毛の下に、かすかな膨らみが二つ。一応揉めるけど、手のひらに収まるってのとはほど遠い……っていうかたぶんまだこれ、ただの脂肪の範囲でおっぱいじゃない。先っぽも女の子みたいじゃないし。こんなものはおっぱいじゃないんだ。どう見てもまだ第二次性徴とか始まってない体つきだしさ。子供ってころころぷにぷにしてるって印象があるし、きっと幼児体型っていうのがこれなんだろう。

いくらがんばっても筋肉が付かなくってぽっこりしてるお腹につるつるの太もも。

ぶらぶらしないおまた。

それを、しばらくじーっと見下ろす。

「……着替えるときだけは便利だよね、この体……ふぁ」

そうして女の子になった僕は、ひと仕事を終えた満足感で寝直した。


「……三日月さん、少々よろしいでしょうか」

「え？　ええ……あなたは救護班の」

「班長の九島《くしま》と申します。……瓦礫の中に、ごく最近落としたと思われるパスケースがありまして」

ポニーテールをした救護班の少女が、周囲と距離ができたタイミングでえみへ話しかけてきた。

背負われているるるも、目をぱちくりとさせている。

「パスケース？」

「パスケース……ですか？」

「ええ、ごく最近というか、ちょうど今日のダンジョン入場許可証の入った」

「え……あの、個人情報を見せていいんですか？　私たちに」

「はい、私は『上からそういう許可をもらっています』から」

「そうなんだ？　あ、そうなんですか？」

「歳も近いですし、構いませんよ。……調べたところ、『彼』は朝に入った記録があるんです。でも、ダンジョンの中に……ですからたぶん、落としたことに気がつかず帰っているかと。登録された連絡先にも、応答はなく……ですので、彼の安否を確認をしないといけないのですが」

九島と名乗る、「救護班」と書かれた腕章をつけた彼女の手に、ごく普通のパスケース——ダンジョンゲートのカードキーや交通ICカードが入っているものが収まっている。

「崩落に巻き込まれた可能性は低いとは思いますけど、確認する必要があるんです」

「……私たちのほうでも事情を聞くかもしれませんし、何かしらの被害を受けている可能性もありますね。だから、彼に被害があった場合には当事者になる私たちに？」

「……そういうことに、なりますね」

「？」

「いえ……」

彼女の一瞬のためらいに反応したるるだったが、いま口を挟むとえみに怒られるため、おとなしくしていることに決めたらしい。

「私たちにできることがあれば。るるの救助に巻き込んでしまったお詫びとして、協力します」

「ありがとうございます。今回の件で、この地域周囲の救護班は全員このダンジョンに集められ、手が離せず……ですので、当事者、かつ、レベルの高い三日月さんにお手を貸していただければと」

「まだ私個人では、中級者の範囲ではありますけど……ええ、成人男性を運ぶ程度なら」

「私も大丈夫です!!　えみちゃんにおんぶされてるだけなら！」

「ありがとうございます。このあとの捜索にご協力いただけるのでしたら、『臨時の救護班』としてお二人に権限を付与しても？」

「るるも平気そうですし、私はもちろんです」

「……では少しお待ちください、本部に伝えておきますから」

ダンジョン。その辺に落ちている石ころでも地球上になかった新しい物質だったりして、各国が民間人に開放してまで集めたい資源のある空間。それに関する法律はかなり超法規的措置が多く、さらにダンジョンへ潜る人材の保護に関しては現地での判断が優先されるものも多い。

だから『彼』が今回の件で被害を受けたまま帰った可能性がある以上、当然ながら〝救護班の司令所〟からの判断は即決。

——でも他にも人はいるのに。それこそ、有志の捜索隊の——しかも、私たちよりずっとレベルの高い人たちも、見える範囲に。それなのに救護班以外の人間を——しかも私たちをわざわざ？

えみはそう考えるも、ダンジョン関係は救護班やダンジョン協会の権限が大きいと知っているし、自分が考えても仕方のないことだとすぐに意識外へ。

——きっと、何かがあった場合、すぐに事務所とやり取りをできるようにということなのよね。

ええ、今回の件に巻き込まれ、大ケガをしていた場合の補償などで。

「許可が下りました。恐縮ですが、三日月えみさん、深谷るるさんは私との臨時のパーティーということで、解散するまでは私の指示に従ってくださいね」

「ええ、リーダーはお任せします」

ぺこりと頭を下げ合う、九島とえみ。

「じゃあそのカード、もう見ていいの？」

「はい、どうぞ」

「待って……るる、配信は切ったわね？」

「うん、もちろん」

「……念のために他の人に預けていくわよ、カメラ」

「えー？」

「るるが触れたものはだいたい何か起きるでしょう？」

「そうだねぇ、ハルちゃんって子もちょっと映っちゃったらしいし……」

るるは、近くにいた知り合いにぶんぶんと手を振って呼び寄せ、三台のカメラを預ける。もちろん、母親におんぶされている子供のように、えみの背中の上から。もちろん、周囲はほほえましく母娘を見るように。

「……こうでもしないと安心できないのよね……」

「それでそれで見せて！　……普通の男の人？」

「そうね。大学生くらいかしら」

「いえ、社会人の方のようです」

——そこには『征矢春海』と書かれていた。

「なんて読むの、えみちゃん」

「ええとローマ字のほうだと……そや『はる』みさん、だそうね」

「へー、そのカード、住所とか載ってるんだね。知らなかったなぁ」

「特殊な機器を通さないと表示されませんので」

「ほえー？」

「そんな機能があったんですね。知りませんでした……でも、結構近いですね、ここから」

「ええ、住所を検索しますと、最寄りのバス停から二つ先のようで……」

急行も停まらない、ある地方の駅から徒歩三十分の位置。そして騒ぎのあったダンジョンからも同じくらい。そんな場所にある、アパートのとある部屋のインターホンが何回か鳴らされる。

「すみませーん、ダンジョンの協会の者です！　緊急のお話があってお邪魔しています！」

「……出ないねぇ、えみちゃん」

「留守かしら……」

『征矢』と書かれたドアの前にはるるとえみ、そして先ほどの救護班のポニーテールの少女、九島ちほ。

ちほが〝上司〟から伝えられた、〝要救助者という可能性のある男性〟の登録先住所のアパート……そこはかなり古いものの、結構ゆったりとした造りの二階建てのものだ。

「……征矢さん、彼が当時あの場にいたかは不明です。ですが、万が一はありえます」

「うん、だってハルちゃんは金髪の女の子だったもん！」

「だからるるの見間違えの可能性が……いえ、今は置いておきましょう」

ダンジョンへ潜るというのは、安全がかなり確保されているとはいってもそれなりの危険があるもの。それなり――普通の、これまで通りの仕事などに比べると〝モンスター〟という不確定要素に不意を突かれてのケガや死亡のリスクが、どの職業よりも圧倒的に高くなる。

ダンジョンの研究により開発されたリストバンド型の脱出装置のおかげで、体力の可視化や脳波がモニタリングされるようになり、危険水域へと落ちる前にほぼ強制的に離脱させられるため、これでも相当落ち着いたほうだという。

しかし、ダンジョンやその周辺で起きる事象には、やはり不確定なことが多い。ために、特に今回のような事件の場合には救護班のひとりひとりにでさえ特別な権限が与えられる、らしい。

さらには、二人と同じく高校生らしいものの「救護班班長」のちほは――彼女の説明によると、緊急の場合にはほぼ全てを自己判断で処理する許可を得ているらしい。

「……今のところ『征矢春海』さんのバンドからは救助サインは出ていません。けれども今回は非常時ということで、彼の安全を確認する命令も出ました」

「命令……ですか。彼はるるの救助要請の前にダンジョンを後にした、その可能性は高いのですけど……でも、よりにもよってあの階層、しかも」

「うん、ハルちゃんのリスナーさんがね、ハルちゃん、そのカードキーが落ちてた辺りにいたって」

「ですから征矢春海とハルさんとが同一人物――とまではいきませんね、まぁ成人男性と子供ですから……保護者とかパーティーメンバーとして、一緒に潜っていた可能性も考慮しまして来たわけですが……」

「そやさん、いないねぇ……そやさーん。はるみ……はるさーん。ん？　はるさん？　ハルちゃん？」

「るる、年上の男性のことをちゃん付けだなんて――待って、『ハルちゃん』……？」

地方のダンジョン、それもそこまでの危険度はないとあって人手不足から出入りはカードキー式の簡易的なもの、守衛はいるが民間人の立ち入りを見張る程度。『征矢春海という二十代の男性』が今朝入ったのは記録に残っていたが、出た記録はなし。ダンジョンには、間違っての侵入を防ぐセキュリティはあっても、出てきたということは無事だし、無事でなければリストバンドで最寄りの救護班へ転移させられるし、なによりほとんどの人は帰還時にカードキーをタッチしないため、退出の記録がないこと自体は不思議ではないという。

「でも、まだダンジョンの中に……ってのは」

「深谷さんの件のあと、全階層をサーチしましたが……」

「いなかったそうですね。ということは緊急脱出装置で」

「……ってとこはやっぱり私を助けてくれたのは⁉」

「落ち着きなさい、るる。それは別件で、単にあなたの巻き添えで命からがら脱出って可能性もあるわ」

「あぅ」

「ただカードを落としたのに気がつかず、深谷さんの件の前にダンジョンを出て普通の生活……買い物などをしているだけかもしれません。ですが……」

えみと頷き合ったちほが電話をかける。るるはずっと「はるさん？　ハルちゃん？」と奇妙な偶然を唱えている。

「……もしもし、九島です。はい、今、征矢春海さんのお家の前に来ました……はい、メーターは回っていますが応答はなし。彼が崩落に巻き込まれてケガをし、意識混濁の中、普段通りに帰ってきた可能性を……はい、はい、はい」

「ど、どうするのえみちゃん……ドア、鍵がかかってるし……」

「……………………………」

えみは、考える。普段は冷静な彼女の頭脳は、ある欲望で暴走しかけていた。

――もし、本当にるるのせいで事故に巻き込まれ、ケガをしてしまって……大きなケガほどアドレナリンが出て正常な判断ができないというし、そのまま帰ってきてしまっていたら。

もし、るるのせいでちっちゃい幼女のハルちゃ――こほん、るるを助けてくれた少女以外にもケガ人がいたとしたら。いえ、そのハルたん自身がケガをしていたら！　見知らぬ幼女ハルたんが！

金髪碧眼――るるがそう言っていたからきっと綺麗なはず――そんなおいしそうな幼女が！

「――決まってるわ」

「え？　えみちゃ――」

「るるを助けたかもしれない人が頭を打っているかもしれないの。九島さん、言われた通り開けますね。ええ、人命救助ですもの、一秒を争いますよね？」

目を閉じ、普段の彼女らしく即断即決で次の行動を口にする、えみ。

「ええ、今大家さんのほうに――え？」

「――ふっ」

ちほの連絡が終わらないうちに、えみはおもむろにアパートのドアノブを握りしめ――めこっとスライドさせた。

外開きのドアを、真横に。

「……えみちゃん、だから筋肉だるまって……」

「何か言ったかしら？　視聴者の方々を含めると数百万の人に心配をかけた、るる？」

「ア、ハイ、ナンデモアリマセン」

――こういうときのえみちゃんって怖い。

お説教の切り抜き動画が定番のメインコンテンツとして人気のるるは、本能と経験に従って黙っていることにした。こういうときのえみちゃん、やっぱりお母さんだもん……と。

「道中で言いましたよね？　交通事故に遭ってケガをした人も一時的な脳の興奮で……と」

「……は、はい、応答がないので立ち入っての捜索も、本部から指示されました。警察と救急を待ったり、他の地区の救護班を待ったりすると時間が、工具でこじ開けると騒音も……ええ、緊急事態ですから……ええ、助かります……助かりました……ええ、たぶん……」

「では入りましょう」

高レベルの腕力を――それもアイドルという呼び方にふさわしい細さの腕と美しい指が、鋼鉄製のドアを……さほど力も込めずに蝶番からもぎ取るのを見た、腕に赤い腕章を巻いたちほは――硬直し、黙り込んだ。

「い、一応は不法侵入……彼が普通に過ごされている可能性もありますから、ゆっくりお願いしますね……？　救護活動のためですから、空振りでも大事にはなりませんけど……」

「ええ。では、万が一を考えて私が先に入ります。……征矢さん、征矢春海さん、お邪魔します」

「そやさーん、私も……あ、るるっていいまーす、入りまーす。ごめんなさーい」

……ごとっ。

何事もなかったかのようにドアを外の壁に立て掛けたえみが先頭に、男性の家に入る緊張で少しだけ腰が引けているるる、そしてドアの残骸を見ながら――中級者の範囲でも一般人とは隔絶した筋力に、ドン引きしている救護班のちほ。

――『最初からこの状況へ誘導するように指示を受けていた』けれど、三日月さんがここまでするだなんて……いえ、こちらとしては好都合なんですけど……でも、金属を粘土みたいに……。

ちほは、蝶番と鍵だけ綺麗に壊れているドアから目が離せないまま。

一方で、靴を脱いで上がってから「こういうときは履いたままのほうがよかったのかしら？」と振り返るもそのまま進んでいくえみ、「あれ？　子供の靴……」と目ざといるる。

しかし直後、えみから申し訳なさそうな声が発せられる。

「――ごめんなさい、私の早とちりでした。九島さんからの説明で、彼が動けないものと思い込んでしまっていまして……」

それにつられて顔を上げたるるとちほの耳に入ってきたのは、水の音。

「シャワーの音……お風呂でしたか。いえ、入浴中に気を失うこともありますから」

「お、男の人のお風呂……入るの……?」

「お二人はアイドルをされています。このことが漏れると一大事ですから、医療担当の私が入ります。大丈夫です、研修や救助活動で男性の体は見慣れていますし、意識があるのなら外から声をかけるだけですから。いざとなれば応急手当の心得もありますし、医療行為に羞恥心などは関係ありません」

「お、おとなー……」

「医療従事者なのよ、男とか女とか関係ないでしょう」

「それもそっか」

「征矢春海さーん、ダンジョンの救護班の九島と申しまーす。数時間前にダンジョンで大規模な崩落がありましたが——……」

彼の名前を連呼しながら風呂場に近づいていくちほ。

「あれ?」

「ちょっとるる、勝手に」

突然に興味を別の方向に引かれたるるが、とてとてと勝手に廊下の先へと足を向ける。

「もし彼に何もなかったら、ただの不法侵入で……いえ、率先した私が悪いのだけど」

「……これ! これこれこれこれ! これで撃ってた! あの子!! あ、このローブも見た!!」

廊下の先の部屋。廊下からでも見える、狙撃銃に筒のようなものを付けてある武器、そしてぼろぼろになったローブをびしっと指差す、るる。

「……でもあなたが見たのは女の子だって」

「うーん、男の子だったかも？」

「男の子って……登録情報によると彼はもう社会人よ？」

「ほ、ほら、私たちみたいに早くレベル上がると歳取りにくくなるし！」

「九島さんによると、彼が初めてダンジョンに入ったのは三年半前だそうね。つまりは大人になってから」

「あぅ」

「それに、顔写真も普通の男性よ。まぁ、あんな状況だったから見間違えなんていくらでも……」

「あれ？　でもおかしいよえみちゃん。私もカメラも長い金髪ははっきり！」

「……そうね、確かに……」

「あと、それに！」

　ちほが発した「救護班として許可を得ています」「お二人にも権限を付与しました」という言葉が頭に残っているためか、るるはワンルームの中へずんずんと進んでいく。中心に布団、周りは本がうずたかく積まれていてテーブルの上には装備などのパーツがある中へ。……もはや年頃の乙女、しかも現役アイドルが男性の家に無断侵入しているという状況を忘れているようだ。

「これ！」

「干してある服……みんな、小さい……」

「ぱんつも！　ほら、ぱんつぱんつ!!　かわいいぱん」

「バカ」

「あいたぁ⁉」

似たようなシャツや下着――そして女性もの――女児もののそれらは、みな彼女たちよりも幼い子供の着けるもの。

――随分くたびれているし、安物ね。けれどもそれがかえって幼女を吸った存在という証。

えみの頭脳は、まだまだ無駄に回転している。

「……はっ！　もしや、これはお巡りさん事案！」

「妹さん、あるいは親戚の女の子。それか、背が低いけど成人している女性のもの……同居している女性のものでしょう、きっと」

すぐ近くで男性が――社会人の見知らぬ相手がシャワーを浴びているという情報で、どうにか興奮を抑え、るるの手にしている素敵な存在への興味を隠し通そうとしているえみ。

「……そーだよね……あ、でも、じゃあ二人でお風呂ってこと？」

「え？　……きっとどちらかは外に出ている……わよね……？」

「もしかして大人の時間だった⁉」

「兄妹同然で……という可能性もあるけれど。きちんと謝らないとね……」

ある意味での正解にたどり着きかけたるるを、ばっさりと「現実的な判断」で押し返そうとするえみ。それは、彼女自身を抑えるためのもので、あと数分あれば完全に治まっていたはずだった。

だが、しかし。

「――ごめんなさ……え⁉　え、あの、私っ」

なおも両手で女児用のリボン付きぱんつを持ち続けていたるるが再びチョップをかまされそうになった瞬間、廊下の先で、ちほが戸惑いの声を上げる。

「？　どうしたんだろ」

「……とりあえずそれを戻しなさい……」

「はーい」

会話をしているということは、シャワーを浴びていた征矢という男性は無事。でも先ほど冷静だった彼女が妙に慌てている……その違和感に、女児用のぱんつがるるの手からもぎ取ったえみによって、そっと戻される。ちなみにえみは、それを全神経を集中させて堪能した。

二人は念のために、あとは少女らしい好奇心とで風呂場のほうへ足を向けると、もっとうわずった声が響いてきた。

「……裸の男の人かも……」

「裸のロ――こほん。るる、念のために距離は取るわよ」

「……ひゃいっ、私、九島と申しまして怪しい者では！　はい、今日の十四時半に起きました最寄りのダンジョンの通報で駆け付けました救護班で……あ、あの、あなたが……え、でも女の……」

「――あー、とうとうバレちゃったかぁ……いやまぁ、これでむしろよく一年もったって思うけど。ていうか、本当にご近所さんから通報とかないんだねぇ、今どきって」

『彼女とは異なる別の人物』から発せられた声は、幼く。

「……ちっちゃい子の声？」

「え、ええ……そうみたいね……？」

えみの耳は、その声がおよそ六歳から九歳の範囲の女児の、それも普段あまり会話をしないタイプのものだと、正確に判断していた。

「――で、えーっと……ダンジョン関係でなんかすごいことが起きたらどこに報告するんでしたっけ。僕、めんどくさくてしてなかったんですけど」

「え？　ええっと……一応私でも受け付けられますが……」

「……あの金髪の女の子⁉」

ぺた、ぺたという足音が聞こえ、その少し後に廊下に覗いたのは――。

「タッ、タオル！　タオルで前隠してください！」

「えー？　ここ僕の家なんだけど……」

「そ、そうなのですが！　申し訳ないことにあなたの万が一を考えまして協力者の方を――」

――長い綺麗な金髪を、こともあろうかタオルで雑にごしごしと拭きながら――つまりは全裸でぺたぺたと歩いてきた幼い少女――いや、幼女。

その姿は、致命的な性癖を抱えた彼女にとって、あまりにも蠱惑的《こわくてき》で官能的で、

「――未発達なロリのつるつるでぷにぷにで幼児体型で究極の美な肌ぶふぅぅっ！」

「えみちゃーん⁉」

そんな破壊的すぎる姿を見たえみが、彼女のキャラを崩壊させるワードを発しながらぶっ倒れ、

それをるるが慌てて介抱しようとして――。

「あ」

「あ」

幼女の眠そうな蒼い目と、るるのくるくるとした目が――ぱっちりと合った。

◇ ◇ ◇

男ひとり暮らしのアパートの一室。そのはずの僕の前には、三人の女の子がいる。……彼女もいない僕が、まさか一気に三人も部屋に上げることになるなんてね。これで男の体だったらどんなに嬉しかったことだろうね。それで、僕を男って認識してのものだったらもっと嬉しかったのにね。

「はぁ……つまりはあなたが征矢春海さんと」

「そやはるみ……だから配信でもハルちゃん」

「はい。あ、配信にもたどり着いてたんですね」

「う、うん……あ、はい……その、頼りになってたえみちゃんがね……そうかもしれないって……言ってたんだけどね……」

「ヘンタイさんだったと」

「うん……じゃなくて、はい……」

「んふぅっ！」

「うわぁ……」

腕章をつけている……ダンジョン関係の救護班ってひと目でわかるように、お仕事中は外でもこの服装らしい子と、僕が助けた覚えがある深谷るるさん。で。

「その……私も、こんなえみちゃん初めて見て……正直どうしたらいいか……」

「ヘンタイさんだったんですか？」

「ふんんん!!」

「ヘンタイさんだったんですね」

「んふっ!!」

「うわぁ……」

男の僕でも引くレベルのやばい子が、うねうねしていた。

すらりとした手足に長い髪の毛、あとおっきいお胸の女の子。んで、とんでもないこと叫んでぶっ倒れた、ちょっとやばい子。なんか目がやばかったから「その人怖いです」って言ったら……錯乱した人に慣れているのか、音も立てずにヘンタイさんの背後から救護班さんがそっと近づいて、きゅきゅっと包帯で両手両脚縛って、お口も包帯で巻かれたかわいそうな人。二重の意味で。

でもこの人、たぶん僕みたいにレベル高いんだろうし、わかってて簀巻きにされたよね。

まだちょっと残っていた理性が光る。偉いね。でも僕には近づかないでね、怖いから。

「あ……だからえみちゃん、よく孤児院の依頼とか受けて……」

「ふんんん⁉」

「あと、小学生の子たちの体験ツアーとかも、積極的に」

「ふむむむ⁉　むむむむん‼」

「えみちゃん……」

「むううう‼」

なんかそこは違うっぽいけど……あー。

僕はなんとなくで一歩下がる。だって今の僕、幼女だし……。

「ふんっ⁉　ふんんんんん⁉」

「と、とりあえず三日月さんから征矢さんに話、戻しましょう……？」

「あ、そうですね。とりあえずえみちゃんのことは……うん……」

「ヘンタイさんのこと、後回しでいいんですか？」

「ふんんんんっ⁉」

なるほど、背も高くて格好いいのに残念な人が三日月……えみさん、と。近づかんとこ……なんだか怖いし……。男だった前の僕なら「ヘンタイさんだー」って一緒にけらけら笑う立場だったけども、今はそのヘンタイさんに何かされる立場だから実害あるし。

「こほんっ。そや……はるみさんっ！」

「ハルでいいです。『この姿』だとそっちでしか呼ばれたことありませんし。まぁリアルでは見られたことないですけどね」

征矢──そや。珍しい名字って苦労するよね。名前が一発でわからない仲間と苦労話で盛り上がった若い記憶。下の名前も一発じゃなかなか呼んでもらえなかったし。

「じゃあハルちゃん！」

「……まぁいいです、今は女の子ですし」

でも年下の子から『ハルちゃん』は……ねえ……？　いや、いいけどさ。

僕の布団の上に女の子が二人、部屋の隅っこにヘンタイさんが一人、っていうものすごいことになっているのは気にしないでおく。気にしても無駄ともいうね。

「改めまして……助けてくれて、ありがとうございました」

さっきまで甲高い声でいろいろ叫んでた声が一転。女の子って声が一瞬で切り替わるよね。

「私、ハルちゃ──ハルさんが来てくれなかったら、間違いなく生きてませんでした。今、こうして笑ったりびっくりしたりできるっていうのは──全部、あなたのおかげです」

「え？　あ、うん」

第一印象は、明るい子。明るい色合いのくせっ毛な髪の毛で中学生くらいの子。深谷るるさん。中学生なのに丁寧に指までついて……三つ指っていうやつをしている。今どきの子って礼儀正しいんだなぁ……僕より十以上、年下のはずなのに。今の肉体年齢じゃ僕が年下になってるけどね。

「いいんです。僕自身の命は大丈夫だって確信しての行動でしたから」

「で、でもっ、あんなに危険なことさせちゃって！」

「あれは違うんです。ドラゴンを一撃……一回で仕留めきれなくって……下手にヘッドショットしたばかりに君のほうに倒れそうになっていたから。助けるのが下手だった僕のせいです」

「でも！」

ぱっと顔を上げる、るるさん。

やっぱアイドルさんだから目鼻立ちが整ってるねー。でも今の僕には……じゃないじゃない、この考えはいけない。

「そこから、命かけて助けてくれましたっ」

「…………うん」

思わず顔をそむけちゃう。だって、こんなにまぶしく見つめられたらなんか……だめじゃん。僕はそういうの、苦手なんだ。救助要請で見つからないようにしていたのってそれも理由だし。

ほら、電車とかで席譲って「ありがとう」って言われても無愛想にしちゃって、次の駅で別の車両に乗り換える気持ちわかるでしょ？

「だからお礼させてください！」

この子的には、ダンジョンでやばいときに助けてくれたってことになる。けども、僕的にはそこまで危険じゃなかったし……損はしたけども。

「ドロップ」

「え？」

「ふんんんん！」

もぞもぞ蠢いているヘンタイさんを眺めて癒やされながら、テーブルに広げてある家計簿を指差す。制御されたヘンタイさんなら怖くないよね。このうねうね具合がいいんだ。

「あのとき倒したモンスターのドロップ。あれがあれば僕はいいんだ。……です」

「あ、そういえばハルちゃんってそんなにちっちゃいのに大人なんですよね！　いいですいいです、楽に話してもらって！」

るるさんの代わりに救護班さんが見ているらしい、僕の家計簿。

「はー、マメですねぇ征矢さんって。ダンジョンに潜る人ってだいたい、家計簿つける性格ではないので、とても好感が……。………？」

「はい、僕、細かいことが好きなので」

「……え、ええっとぉ……その……」

「？　どうしたんです？」

るるさんっていう子供のまぶしい笑顔で熱くなっちゃった顔がようやく冷えてきたから、自然なフリしてるるさんを通り越して救護班さんの顔へ。あ、この子のポニーテールの結い方いい感じ。

この子もまだ高校生くらい？

そっか、この子たちの世代ってばダンジョンが出現した後で進路とか決めるから、もうこの歳からダンジョン関係のお仕事……ってやめとこ……こういうのってダンジョンが生まれた時点で高校生だった僕にはつらい現実だ。

「……その、ま、マイナス……」

あ、数字に慣れてないとゼロの多い金額とかって見づらいよね。

「二千万円ですね。今日のマイナス」

「にせんっ⁉」

「むうっ⁉」

真っ青になる二人。ヘンタイさんのはよくわからない……だってまだ赤いんだもん。なんかうねうねしてるし……やっぱなんか怖いし……。

「最初に追われていたモンスターたちに使った弾が十六発、ドラゴンへ二発。見ての通りの体でダンジョンに潜るわけで、特殊な弾をこういうとき用に作っていたものですので」

「あうあうあうあう……どうしようどうしよ、そんなお金……」

「むうむむむうむむう、むむむむう」

「ごめんえみちゃん、何言ってんのかさっぱりわかんない……」

「むうっ⁉」

いや、そりゃお口チャックされてたらねぇ……。

「それ、厳密にはドロップとかの素材で手作りですから、そこまでかかってません。あくまで時価にするとってことで……協会のホームページの素材の買い取り値段で帳簿作っただけですから。税務署さんから怒られない範囲で、ちゃんと協会に載ってる方法で最大限の金額っていう、税金の計算用なので気にしなくても」

実際に使った金額は大したことないはず。でもさ、ほらさ？　僕たちってば個人事業主でさ？　あと青色申告しなきゃな立場じゃん？　細かい帳簿とか作らなきゃいけないめんどくささあるじゃん？　だからちょっとだけ盛ってもいいでしょ？　嘘じゃない範囲でさ？　そういう判断は必要でしょ？　その時期の時価だし本当に嘘じゃないし？　大丈夫、ちゃんと調べて怒られない計算方法してるから。僕はそういうのは得意なんだ。

「あと、それ……ほら、今の僕って魔力が底を突いてますから。僕の不注意で無駄に全力使ったのもあって……だから復帰に一ヶ月くらいかかるって考えて、休業補償金的な普段の稼ぎをざっくり上乗せしてますから、深谷さんに使ったのだけだと……一千二百万円くらいに減りますし」

「せんにひゃく……はぅ……」

「むぅぅぅ⁉」

さっきからヘンタイさんがびったんびったん荒ぶっている。なんかエビフライみたいだね、君。

「あ、ちゃんと別のページに素材の管理とか……ほぇー、まじめなんですねぇ――……」

「この通り、ひとり暮らしですし。それに」

僕はぱたぱたとシャツを振る。

「むうっ⁉」

……ヘンタイさんやめて、簀巻きにされてるのに腹筋だけで起き上がるのやめて。なんかすごいけどやめて。っていうか腰大丈夫？　そんな動きして？

「……はいはい、邪魔になりますからおめめも塞ぎますねー三日月さーん」

「むぅぅぅぅぅぅぅ⁉」

うわすごい声……この人、そこまでして僕のこと見たいの……？

「あと、征矢さん……非常に言いにくいのですけど……」

「はい」

またいつの間にかヘンタイさんと僕の間に入っていた救護班さんのポニーテールが、かっこよくひゅんって舞う。

「……私たち同性……えっと、肉体的なほうのですけど」

「そうですね、今はそうなりますね」

「……なんですけどそのぉ……征矢さんのその格好は非常に扇情的と申しますか……」

「？　こんな子供なのに？」

「そ、そうですよハルちゃんっ！」

もはや三日月さんを見もしなくなったるるさんが僕にばさっと……彼女が羽織っていたカーディガンを掛ける。あ、これ、いい匂い。

「さっきから言おうかどうかすっごく迷ってたんですけど！　っていうか頭下げたときに見えちゃって正直私もどきどきして困るんですけど！」

「？」

「――女の子の大切なところ、まる見えなのはいけません！」

「あ、はい」

そういえば僕、お風呂上がって髪の毛濡れたままで体に張り付いてて。で、とりあえずでシャツを着ただけだった。つまりは裸シャツでお布団にぺたって座ってたわけか。おまた、見えちゃってたんだね。だからヘンタイさんが真っ赤なんだね。そりゃそうだ、ヘンタイさんだもん。

「でも、いきなり家に入ってこられたから……」

「ですから私、『着替えはよろしいんですか』って聞きましたよ⁉　何回も！」

「あ、そういえばそうだった気がしてきました」

「聞いたんですぅ！　ちゃんと！　なのに『いいからいいから』って……もー……」

救護班の人はまじめさんみたい。なんか委員長さんっぽいね、君。

「……でも僕、普段からこうですけど。ほら、女の子の体になったからなんかこうして穿かないで直接布団に座ると不思議と安心するっていうか」

「ダメですぅ！　っていうか男の人だったんですよね本当に⁉」

「うん、去年までは」

「……その豪快さは確かに男性らしいといいますか……って、あのー」

もぞもぞうねうねしている包帯で真っ白になった何かさんをそっと壁際に押し付けつつ、救護班さんが尋ねる。

「──どうして男の人がそんなにかわい、……こほん、女の子に？　あと、カードの写真じゃ髪の毛も目の色も……」

「ちょっとダンジョンの中の『願いの泉』的な場所でお願いを……したら、なんか曲解されちゃったみたいで？」

顔の赤い二人と真っ白な包帯で顔がまったく見えない一人、でもたぶんまだ真っ赤なヘンタイさん。
彼女たちを前に――僕はようやくに、隠れ続ける生活をやめることになった。

『【朗報】深谷るるちゃんの、恩人ハルちゃんの無事確認【伝説の配信事故】』


【詳細は不明、るるちゃんの事務所の第一報〈URL〉】

【でかした】【いやぁ、よかったよかった】

【これでるるちゃんの不幸がとうとう呪術っていう悪評を払拭できるな】

【できるか？】【無理だろ】

【今さら無理だな】【むしろ悪化したな！】

【『呪い様』の存在が確定したんだもんな！】【さらに有名になったね！】【草】

【でもそうか……救出配信後、るるちゃんとえみちゃんの事務所が静かだったのは捜していたからなのか】

【まぁ当然だろうな、るるちゃんの救助要請だし……るるちゃん自身もそうだけど、助けようとした人がもし重症とかでも、業務上過失傷害とかだろ？】

【るるちゃんとハルちゃんのどっちか一人でも大変なことになってたら、せっかく盛り上がってたのに……ってなるし】

【ダンジョン配信関係はしょっちゅうあるからなぁ……事故が】

【さすがのるるちゃんでも自分のせいでってなったら落ち込むだろうしなぁ】

【そもそもるるちゃんが死にかけたのは】

【それはるるちゃんの事務所が悪い】【あの不幸体質が悪い】【確かに】

【普通なら大丈夫な条件だったんだ……ただただ『呪い様』のせいなんだ……】

【最初はるるちゃんの、次はハルちゃんの生死不明なときの凸やばかったらしいからなぁ……事務所への】

【まぁ実際、これだけの有名人とかその救助者のって、しばらくなかったし】

【十組くらいあった野良のハルちゃん捜索配信も終わりはじめた】

【同接稼ぎのあいつらだろ？】

【いや、ダンジョンから出てうろうろしてみたけど本当に何もない田舎で最初から「さすがにいないんじゃね？」って空気だったぞ】

【まぁでも今回の大事件の感想とか言い合ってて後夜祭みたいだったけどな】

【ハルちゃんが無事だったからこそ後味よかったけど、やっぱよくないよなぁ、ああいうの】

【まあまあ、んなこと言ったら俺たちだってネットで追ってたし】

【おかげで『始原《しげん》の十人』からハルちゃん情報が布教されたけどな】

【呼んだか？】【うわっ……】【来ちゃったよ】【出た、始原の】

【『始原の十人』ってすげぇインパクトだな】【草】

【マジでハルちゃんのファンが当初十人しかいなかったとか……】

【今となっちゃ誰も信じられないな】

【るるちゃんの救助要請から、ハルちゃんバレまでの流れが完璧すぎたんだ】【わかる】

【わずか数時間で世界は変わった……】【るるちゃんってすごいね……】

【あらゆる意味でどうにかお祓いしててってレベルでな！】【草】

【ハルちゃんのバトルスタイルから生活リズムまであっちこっち転載されてるし】

【この数時間でネットとニュースの速報見てなかった人以外、ダンジョン配信に興味ある人ならハルちゃんの名前だけは耳に残ったレベル】

【せっかく何年も隠れて配信して『始原の十人』にしか捕捉されてなかったのに、るるちゃんに近づいたばかりにことごとくバレてて草】

【ハルちゃんって子かわいそう……】【かわいそすぎて草】

【マジでかわいそうだよなぁ】【ハルちゃん……元気出して……】


【ハルちゃんの個人情報だけど、配信でわかる範囲なら大丈夫だろ】

【ハルちゃんの身長が、高くて百二十センチって断定されてて草】

【ハルちゃんちびっこ！】【ガチロリじゃねぇか……】

【そんな子供が……って言い切れないのが今の世の中よ】【それな】

【ダンジョンってたまに、明らかに小学生って子でもいるもんなぁ……親の許可が必要らしいけど、逆に言えばその程度だもんな】

【ハルちゃん、救助要請後の配信で一回カメラが傾いて、視点が頭の上にあったって判明してて】

【ダンジョン内を歩いているときの高さから歩幅まで割り出した変態がいたんだよな】

【お巡りさんこちらです】【ハルちゃん逃げてー‼】

【いや、逃げたっていうか、黙って一人で避難して帰ったっぽいせいで余計騒ぎになったんだけどな？】【草】【やっぱりるるちゃんが……】


【けど、ハルちゃんの身長と歩幅、いまだに一ミリ単位で論争してるの草】【ガチ勢こわっ……】

【自分を映さない配信でも身長は簡単に割れるんだな……俺も気をつけよ】

【へんたいってこわい】【変態だから怖いんだよ？】

【変態だから怖いのか怖いから変態なのかわからなくなってきた】

【変態たちがるるちゃんの配信で解像度がものすごく低かったのを補正したりして、ハルちゃんのだいたいのシルエットも判明してるんだよな】

【ハルちゃん自身は嫌がりそうだけど、映っちゃったもんはしょうがないよなぁ】

【まぁ救出に行くほどなんだから、身バレ覚悟してないってことはないと思うけど……】

【あと、るるちゃんの幻覚じゃなく本当に、ハルちゃんが二百メートル以上ぶっ飛んだのも判明してて草】【幼女って……飛ぶんだ……】

【地面から四十メートルとか五十メートルとかの高さまでな！】

【フライング幼女か……】【フライング幼女草】【斬新な幼女だな！】

【ハルちゃん大胆な子……なんで顔隠してたのかわからないレベル】

【顔はわからないけど腰までの金髪ロング、黄色とか金色のヘルメット的なのに溶接したらしいカメラで、るるちゃんいわくの王冠被ってるっぽい見た目】

【ごく普通のレンジャー装備に、目立たない色のローブを羽織ってて】

【んで、るるちゃんが主張してた蒼い目って情報から金髪碧眼ロリのできあがり】

【すでに二次創作が山ほど出てて草】【だって絵師たちに餌あげちゃったから……】

【絵師たちは流行りものに飛びついちゃうの！　ダメでしょ、ＳＮＳでも推理合戦してみんなでハルちゃん描き合ったりしちゃ！】【草】


【まぁあんだけニュースになってトレンド入りしてたら、売名目的じゃなくても描く人は多いだろうな】

【大半は「ハルちゃんが無事でありますように」的なのだから勘弁してあげて……なぜか鞭持ってたりするけど】

【でもすでに千以上のハルちゃんがイラストサイトに出てて草】

【一夜どころか数時間で強烈なデビューで草】

【事務所とかの所属じゃない完全な個人勢、趣味で力入れてないのがバズるとこうなるのか……】

【ネットって怖いところだね】【まぁその発信源がここだけどな】

【だってハルちゃんの始原が集まっちゃったし……】

【つまりはハルちゃんのファンが悪いってことで】

【俺たちのハルちゃんが全世界デビューして複雑すぎる】【俺たちだけのハルちゃんが……】

【何年も細々と十人だけで支え合ってきたんだ……なのに】【もうファンするモチベが……】

【あー、マイナーだからこそ自分たちで応援してる感があったのに、急にバズってメジャーに行っちゃって……ってやつ？】【わかる……】【わかりすぎる】

【るるちゃんの騒動での登録も多いはずだけど、それでも五十万超えちゃったんだっけ？　ハルちゃんの登録者数】

【マジもんのシンデレラストーリーだな】

【待って、ということはるるちゃんが王子様？】

【ないな】【ない】【どっちの意味でもないし、ありえないな】

【草】【速攻で否定されてて草】【まぁるるちゃんだし……】

【むしろ助けたのはハルちゃんのほうだから、ハルちゃんが王子様ってことで……】

【でもハルちゃんはロリだよ？】

【男装ロリな王子様……アリでは？】

【安心しろ、そのネタもとっくに百合絵師が群がった】

【草】【百合勢力怖っ……】

【でもイラストの一割くらいは謎のショタ推しなんだよな……】

【『始原の十人』プラスの初見さん、怖……】
【あいつ、たった一人でサジェスト汚染を達成しやがった】
【誰がなんと言おうともハルきゅんは金髪ロングなショタなんです‼】
【うわ出た】【お姉さんお姉さん、盛大にSNSの垢バレして炎上してるよ?】
【草】【ハルちゃんに続いて一般人まで晒されてて草】【かわいそう】
【私が犠牲になるだけで新鮮なハルきゅんのショタイラストが出回るなら……】
【草】【なぜ大人のお姉さんはいつもショタを求めるのか】
【俺たちがロリを求めるのと同じ気持ちだろ?】【そうだな】
【この騒動のおかげでトレンド上位がハルちゃんばかりなんだけど……】
【ハルちゃんが助かったってのもあってすさまじいな】
【ハルちゃんすら知らない、ハルちゃんらしきロリショタな立ち絵が豊富に……】
【もちろんエロも豊富だぞ!】【男って悲しい生きものなのよね】
【こういうのが嫌で顔とか隠してたんじゃ? ほら、女性配信者ってストーカーとか】
【安心しろ、ハルちゃんは単純にめんどくさがりなんだ】
【ハルちゃんがどうかはともかく、ここまできたらもう消したら増える状態だもんな】
【むしろこのノリを続けさせて飽きさせるくらいしかねぇな】
【かわいそうなハルちゃん……これもみんなるるちゃんって子のせいなんだよ……?】
【大本は変わらない、ただひとりのるるちゃん】

【だってるるちゃんだし……】

【そんなるるちゃんに巻き込まれたハルちゃんかわいそう……】【草】

【でも知名度と登録者の増え方、今日だけならダントツの一位だぞ？】

【ハルちゃんが望むかどうかはわからないけどな】

【まぁなぁ……きっとこれからしばらく、あのダンジョン周辺は野次馬だらけ、背の低い女性……学生の女子とかってだけで片っ端から同接稼ぎが絡んでくるだろうし。髪の毛もウィッグでごまかせるからってしばらく大変そうだし】

【男って馬鹿ばっか】

【けど金髪碧眼ロリかー、なんであんな田舎にいたんだろうな？】

【ハーフかどうかはわからないけど、田舎でそんな見た目だったら地元の同世代みんな知ってるよな？】

【インタビューして回ってた配信あったけど、誰も知らないって】

【何？　ハルちゃん、日常でもあんな感じなの？】

【人目に触れないように常に身を潜める生活……】

【ハルちゃんならしてる】【配信リズムからしてしてる】【然り】【まちがいないね】

【始原たちが言うんならそうなんだろう】【始原がまた湧いてて草】【草】

【でもここからどうするんだろ、ハルちゃん】

【本当に知名度上がるのが嫌だったら引退か放置だろ】

【まあぎりぎり顔は割れてないし、配信やめて引っ越せばまだなんとかなる……？】

【でも案外に、また普段通りコメントだけで配信したりして】

【いやさすがに……】

【ハルちゃんの配信のおかげで在宅のリズムができてるんだ！　早く復帰してもらわないと……仕事がなにひとつできなくなる！】

【草】【声なし顔出しなしの配信にそんな需要が⁉】

【あ、新情報。えみるるの事務所から】

【本当だ……ハルちゃんを一時身柄預かり⁉】

【え？　どういうこと？】

【無事だけど事務所が保護？　やっぱ事情持ちのロリだったり？】

【やっぱりるるちゃんの呪いが伝染して何か起きたんじゃ……】

【草】【結局そこに回帰するの草】


【おい、ハルちゃんのチャンネル、待機所できてる‼】

【うわマジだ……って何日後よこれ】

【予約とか待機所とか……ハルちゃんなら絶対にしないのに……】

【ハルちゃん……お願い、配信チャンネルに連携したＳＮＳアカウント作って……今偽物が大量繁

殖してるから……】
【だからじゃね？　偽ハルちゃんがあることないこと言ってるし】
【「ハルちゃんの配信☆告知もあるよ！」って……本当にハルちゃん？】
【タイトルの付け方……この感じってハルちゃんっていうよりまるで……いや、まさかな……】

◇　◇　◇

「『願いの泉』？　……私もそのような場所があるとは聞いたことが……」

救護班さん――九島さんっていうポニテの子が言う。

「やっぱりそうですか。あれからいろんな掲示板の書き込みまで探したんですけど、ないんですね」

るるさんから借りているカーディガンの柔らかさと、るるさんの匂いに包まれている僕が言う。

『願いの泉』。僕が勝手にそう勘違いした不思議なエリアのこと。一年前に僕が金髪ロリな女の子になっちゃった場所のこと。一年間探し続けたけども、見つからない場所。

「……ねぇ、えみちゃん本当に大丈夫？　もう一回殴っとく？」

「大丈夫よ、るる。どうやら私は正気を失っていたみたいなの」

るるさんの隣できりりとしているのは、背も高いしおっぱいも見上げるほどでかいし切れ目でやり手って感じの……誰？　いや、これが三日月えみさんって人なんだよね……ネットで見てみたけどやっぱへンタイさんと同一人物って信じられない……。

でもたんこぶ痛そう。高レベルでも防御を解くと簡単にケガってするもんね。つまりは彼女なりに反省してますってことなんだろう、きっと。そんなヘンタイさん、もといえみさん。

「ま、まぁ、深谷さんの命の危険ということで……ということにしておきましょう……ええ」

「そうですね、身近な人が一時行方不明だったんですから」

「ハルたん……！　私のことを庇って……!!」

常識的な判断で理解した僕をばっと振り返って、がばっと両手を広げるヘンタイさん。

「やっぱりもう一回殴るね？　えみちゃん」

「ぐふぅっ」

僕的にはおっぱい大きいし僕もハグされて嫌な気持ちしないからいいかなって思うけども、そこから真横にストレート。うわ、痛そ。

でも『ハルたん』はやめて……『ハルちゃん』なら我慢するからさ……。

――この体になってからっていうもの、家の中では基本的にシャツとぱんつだけで過ごすのが日課だった。だって洗濯物減るし汗かかなくなるし、目の保養だし。

でも、さすがの僕でもこの場でシャツ一枚はやめざるを得なかった。やばい目をしたヘンタイさんもいるし、救護班さんから「そういう扇情的な格好は性犯罪を生み出します。客人がいるときだけはブラを着けてちゃんとスカートかズボンを……緊急事態で押しかけたのはこちらとはいいましても……」って冷静な顔で言われたら、しょうがなく外に出る格好にはなるよね。年下、しかも女の子から真顔で言われると、大人で男だった僕の心がダメージを受けるんだ。

でもでも「あ、僕はもともと男ですし、この体、胸ないからブラとか買ってませんって言ったらもう一回ヘンタイさんもとい三日月さんが鼻血噴いて倒れたし、救護班さんは「これは、学校教育から……いっそのこと、小学校高学年……いえ、低学年からやり直し……」とか怖いこと言うし、るるさんはなんかじっと見てくるしで居心地が悪かった僕。

いいじゃん家の中くらい……裸族とかじゃないんだからさぁ……。

ダメ？

ダメっぽい。

女の子って厳しいね。男ならパンツいっちょでも怒られないのにね。

まぁ揃いも揃って年頃の女の子たちなんだ、いろいろと敏感なんだろうってことで。

そんなわけでさっさと切り替えた話題が、僕が女の子になった元凶の『願いの泉』。あ、ちなみに僕はちっちゃいからブラじゃなくてキャミソールっていうのでいいんだって。それなら洋服屋さんの言われるままに買ったのがあるからってお胸を保護してる。まだぽっちが痛くなる年齢でもないから見た目も感覚も大して変わらないんだけどなぁ……。

「で、とにかく一年くらい前にそこで……なんかこう、モンスターが出ないセーフエリア的なところにあったそこで祈ってみたら何も起きなくってがっかりして」

「あ、すぐにはならなかったんですね」

「そんな場所あるんだ――……へー」

「で、がっかりしながら帰って寝たら、次の日にこうなってました」

「次の日になったんだー、へー」

気の抜けた感じのるるさん。癒やしだね。

「……なんでそこですぐ届け出なかったんですか征矢さん⁉」

で、ポニーテールを振り回すまじめな救護班さんがツッコミ要員と化している。がんばってね。

「いやだって……こういうのってなんか、めんどくさくないですか？」

「めんどくさい⁉　大変なことですよね⁉　ご自分の体が変わったんですよ⁉」

「はい。こうやって一から事情を説明するのってすっごくめんどくさくって。あと」

こっそりと正座したまま脚をいもむしみたいに動かして近づいてきていた三日月さんをつんって小突くと「あふんっ！」とか言って部屋の隅のほうへくるくると。

……女の子でよかったね、君。男なら通報してたよ？

「……こういう状況じゃなければ。信じます？　男がこんな女の子にって。顔も何も違うんですよ？個人情報なんて連続していませんよ？　いたずらとか頭おかしいとか思いません？」

「……それは……確かに……」

「たぶん両親も信じませんし。『攫われてきて、そう言えって言われたんだね』って哀れまれるだけです。聞く耳持ってくれて、いろいろ昔話して何時間……で、ようやくでしょうし？」

「んー……私なら信じるけど、大人の人はそうかも……」

「ですよね？　普通なら家出少女とか虐待とかで施設へ直行です」

だからめんどかったの。……あと、親から信じてもらえなくって、逆に「うちの馬鹿息子が拉致監禁してごめんなさい」って真摯に謝られたら立ち直れないって思ったし。僕はそこそこ高レベルにはなってるけど、メンタルは打たれ弱いんだからね？

「私は信じますハルたん‼」

「あ、ヘンタイさんはどうでもいいです。あと『たん』はやめて」

「幼女にジト目で罵られる快感‼」

「…………えみちゃん……手遅れさんだったんだね……」

「ここまでのロリコンは病気です。正確な名称はともかく、これは女性でも発症しますから……」

『やっぱり矯正施設……』とか『やはり隔離……』とか物騒な言葉が聞こえるけどどうでもいいや、僕のことじゃないし。

「ちなみに救護班さん、これ、僕の代わりに協会とか役所とかに説明してくれます？　僕、めんどくさくてする気になれません。このまま普通に暮らします。ここから逃げ出してでも」

「逃げ……私が担当しますから逃げないでくださいね……」

「で、それって僕も行かなきゃダメですか？　ここで話しておしまいには？」

「駄目……でしょうね」

「えー」

ノリで「いいですよ！」って言ってくれるかって思ったのに。けち。けちポニテさん。

「本人確認として、征矢さんのお知り合いやご家族の方からの聞き取り、記憶の照合に征矢さんの今の体の検査……精密検査で、ダンジョンでの現象で他にも何か起きてないか見なきゃですし……

あ、そもそも今回の事故で深谷さんと一緒に受けてもらうことにはなりますし」

「えー」

めんどくさそう……やっぱ見つからなきゃよかった。

「……私がお世話するから大丈夫です！」

「深谷さん？」

「るるちゃんって呼んでください！　じゃないと泣きます！」

「あ、うん、るるさん？」

「るるちゃんです！」

ヘンタイさんより素早く抱きついてきていた深谷さん改め、るるさん。

……え？

……女の子なのに……ない……？

……あー、貧乳さんなのか。

ふっくらしていなくて予想外な鎖骨の感触から頭を上げる。ごめんね、一瞬だけ『男の娘ってやつ？』って思っちゃって。

今の僕も胸ないから許して？　ないない仲間ってことで。ね？

「ハルちゃんって、女の子になってから困ったり！」

「してないですね。トイレとかお風呂も一回すれば慣れましたし、そもそも子供ですし」

ほんとはいろいろあったけども、忘れたことにしとこっと。

「うぐっ……で、でも、かわいい服とか……ブラとか買ってないし！」

「そういうるるさんも着けてないですよね？」

「だかららるるちゃんって！　……え？」

「違うんです！　るるは小さすぎるからスポブラかキャミソールしか必要ないんです！　それで面倒くさがってつけないことが多いので……つまりは今のハルさん、あなたと大差は」

「乙女の情報を勝手に言わないでよえみちゃん!?　ハルちゃん男の子なんだよ!?」

そこは男の人って言ってほしかったなー。

「いえ、だって……あなたの胸のことは、配信とかでとっくにファンのみんなは知っているし……」

「うぐ……そうだけど……」

……本物の女の子なのにかわいそう。でもそれ言ったら本当に泣いちゃうだろうから黙ってあげる僕はえらい。

「と、とにかく！　これまで平気でもこれから平気とは限らないし！　……あと、私のせいで絶対配信とかめんどくさくなるし……あとあと、そんな珍しい見た目ならそのうち外を歩くだけで『もしかしてハルちゃん？』って言われるようになっちゃうかもですし……」

「確かにそうですね。登録者が十人から……えっと、八十万人？にまで増えてるみたいだし……」

「は、はちじゅう……私が一年かかって伸ばした数字ぃ……あ、リアルタイムで伸びてるぅ……」

「えっと……ごめんなさい？」

「ううん、いいの……今回のは完全に私のせいだし、むしろハルちゃんが守ってくれなかったらもう死んでたから……」

僕は普段、スマホは一日に何回も見ない。特にソシャゲとかもしてないしＳＮＳも見る専だし、そんなヒマあったら本読んでるし。

だからいつも通りに見てなかったら、配信が終わってからものすごい数の通知とかが来ていたらしい。それで八十万人。……実感は湧かないなぁ。

「たぶん時間が経てば元通りに」

「ならないと思いますよ？　征矢さん……」

「ならないんじゃないの？　ハルちゃん」

「ならないと思います！　なにしろハルさんの活躍と美貌はるるの配信で、るる自身がハルさんのことを『お姫様みたい』だって言ってしまいましたし！　たとえ今後も顔出し声なしでも確実に同接は以前とは桁違いのはずですし私の同類が寄ってたかってファンになろうと押しかけてくるし、話題の配信者だから絶対にハルさんの配信している場所へ同接目当てに同業が押しかけてくる！間違いないです！」

おー、すごいね。息継ぎなしでそんなにまくし立てられるだなんて。

「ヘンタイなロリコンさんの言うことですから間違いなさそうですね」

「はうんっ！」

あと本性だだ漏れだよ？　僕は別に気にしないけどさ、そういうの。

「……ハルちゃん……えみちゃんって一応、私の保護者的な扱いされてててね？　慈母の女神とかみんなのお母さんって言われててね？　格好よかったんだ……」

「そうなの？　これが？　信じられない」

「金髪ロリに『これ』呼ばわりされるのがこれほど素晴らしいだなんて……‼」

「えみちゃん……」

「……三日月えみさんといえば、深谷さんより前から活動されていてトップランカーとしての実力とカリスマ、後輩のお世話での優しさで人気……でしたからね……」

「うん……『お母さん』とか『お姉ちゃん』って人気で……うん、ほんとうに人気でぇ……」

仕方なくシャツの上にカーディガン、胸元はぽっちが見えないようにボタンで閉じてぱんつとズボンも穿いた僕のことを食い入るように見てくる三日月えみさんを見つめる。

「……こんな人が？」

「ああ、ぷにぷになほっぺの上の蒼い瞳でジト目で罵られる快感！」

「……この方が、前回の人気投票で……」

「えみちゃん……どんなにダメダメさんになってても、私だけは見捨てないからね……」


それから数時間。

僕は疲れていた。

「検査お疲れさまでした、征矢春海さん」

「ハルでいいですよ」

もそもそと着替えながら僕は言う。人間ドックとかって服を着替えるからめんどくさい。……そういや会社の健康診断で去年以来なのか、こういうの。女の子になったことで強制的に脱サラしたからすっかり忘れてたなぁ。

「……それではハルさん、こちらへ」

「はい、九島さん」

あれからしばらくして、救急車とパトカーが来たって思ったら僕の部屋の前まで……なんかドアもげてなかった？　気のせい？　なんか蝶番から綺麗に外れてたんだけど……いや、蝶番の付け根は思いっ切り捻じ曲がってたんだけどさ……たくさん人が来て、テレビとかでよく見るブルーシートで外の廊下とかの視線を遮られ。

どこも悪くないんだけども救急車に乗るっていうレアイベントを経て、着いたのはこの病院……人間ドックとか受けるとこ。

僕はさくっと調べられた。全身くまなく――もちろん、九島さんとかるるさんとかヘンタイさんじゃなくって、ちゃんとしたお医者さんと機械でね。

……ダンジョンの謎の何かで男から女になってからこの一年、正直なところはちょっと不安だったし。「詳しい説明しなくてもよさそうな人たちが勧めてくるんだからちょうどいいか」って思って、手を引かれて連れられるままでのおっきな病院。

ちなみに救急車はっていうと、初めてってことでちょっとテンション上がったけど乗り心地は正直アレだったのと、救急隊員さんたちもどうしていいかわかんないって顔してたから空気も微妙だった。で、何時間かかけてめんどくさい検査ばっかり。半分寝てたけどなんか幼女にしか見えないからってほほえましい視線しか来なかった。

……どこまでの人に、僕が元・男だって知らされてるんだろうね、これって。

「ハルちゃん！」

「ハルさん！」

「るるさんとヘンタ……三日月さん」

「公の場ではどうか『えみ』と呼んでくださいね」

「あ、はい、えみさん」

待合室にいたのはるるさんとえみさん。……ヘンタイさんの外面は完璧で、こうして見ると、まるで本当にるるさんのお姉さんみたいだ。話し方も堂々とハキハキと、まるでやり手のキャリアウーマン。そう錯覚するけど、まだ高校生なんだよね、この子……。

だけどヘンタイさんだ。それも相当やばいタイプの。男から見てもやばいの。いや、女の子だからこそ同性で悪いことしやすくって、幼女的には危険。

「では医師の元に案内しますね」

「お願いします」

そうして……なぜかずっと僕の手を握っているのは九島さん。いや、君は僕のこと、元成人男性だって知ってるよね……？　僕、はぐれたりなんかしないよ……？　っていうか僕、君より年上なんだけど……？

「いいなぁ。ハルちゃんと手、繋ぎたいなぁ」

「大丈夫よ、るる。これからはいくらでも機会があるわ」

「……そうだよね！」

そうなの？

あと、君本当にあのときのヘンタイさん？

君、人格が変わったり双子だったりしない？


「征矢春海さん。会社での健康診断データを提供してもらいましたが」

お医者さんは難しい顔をしている。こういうときって超法規的措置ってので個人情報なんて保護されないんだね。まぁ身を委ねたのは僕だからいいんだけどさ。

「残念ながら……」

「ハルちゃんどこか悪いんですか⁉」

「そんなっ！　こんな貴重なロ……大切な人なんです！」

僕、君たちとは初対面だよね？　あとヘンタイさんは漏れかけてるよ？

「あぁいえ、血液検査など後日に結果が出るものを除きまして、今のところ征矢さんの体に悪いところはありませんでした」

「……よかったぁー……」

ふぅ。こっそりとため息が漏れる。

「まぁ丸一年普通に過ごしていましたたし。どこか痛かったりしたらさすがの僕でも協会に連絡しますって」

「そうですね、今日のところは健康な肉体と。しかし……」

「……元の僕と完全に別人。ですよね？」

「……はい。医学的には、そう結論づけるしか……」

まじめそうなお医者さんが頷く。

「もう、一年ですから。そうなんだろうなとは思っていました」

「ＤＮＡ鑑定の結果も後日お伝えしますが、おそらく……ご両親とは」

「繋がらなくなりましたねぇ。この顔、この髪の毛と目の色ですし」

前の目立たなかった僕から一転、普通に外に出ちゃうと誰からも見られる今の僕。服屋さんでは「なんでも似合って素敵ですね！　今日はお忍びですか？」とか言われるし、通りすがりのおばあちゃんたちからは「めんこいねぇ」とか言われるし。何さ、お忍びって。

……だからめんどくさくって、極力通販でしのいでたんだけどなぁ。この体になった最初の頃は、隠蔽スキルを適度に効かせて目立たない女の子っぽい感じで買いに行ったりしたけども、やっぱ疲れるからほぼほぼ通販。現代文明は偉大だね。

あと、入居者が少ないアパートであんまり見られなかったから特に通報とかされなかったし。通報されてたら？　今頃はいくつか作ったセーフハウス的な場所か、あるいはダンジョンに寝泊まりしてたね。そのほうが楽だし、なんかそういうのもわくわくするし。

「征矢さんの肉体は、医学的には六歳前後の少女だと断定されます」

「六歳！　園児さんだ！」

「そこはせめて小学生でお願いします」

「六歳だからいいん――それはつらいな。私たちより年上の男性でそれとは……」

隠し切れていないヘンタイさん成分はともかく、本当に子供らしい僕。

「それで、ハルちゃんはこれからどうなっちゃうんですか⁉」

「このような件は……国でも初めてのことで、なんとも言えません。ダンジョンのトラップか何かで未知の魔法が発動し、寝ている間にその体になったということですから」

「やっぱりダンジョンでまたおんなじ場所を見つけて祈らないと」

「それでも戻らない――かもしれません。断言は、できません」

男に戻るこだわりはないけども、生きやすさって点では間違いなく大人の男だからなー。もちろんこの見た目、僕自身の保養にもなるし、寿命も十年延びたことになるしでいいんだけどさ。

「あ、そうだ。女の子っていうことは、そのうち……えっと、男とは違う……」

「第二次性徴を迎えますと……男性の征矢さんにはつらい状況になる可能性もありますね」

「そんな！　ハルさんが成長してしまっ……もがもが」

「お、女の子として育っちゃうってことですよね！　ハルちゃんは男の子でしたから、困りますよね!!」

「は、はい、そうですね……」

お医者さんがけげんな目でえみさんを見ている。えみさん、君はもうダメだ。隠し切れてないもん。君はどうしてそうもヘンタイさんなんだろうね。そういうのって『業』って言うんだよね？

あと、僕のこと『男の子』って言うんじゃなくて、せめて『お兄さん』とか言ってほしいんだけどなぁ……ダメ？

「……その後のことも含めまして、征矢さんはカウンセリングなどのサポートを受ける権利があります。必要だと思いましたら迷わずご連絡ください」

「ありがとうございます。今のところは平気ですけど、もしそうなったら」

そうだよね。女の子っていったら生理とかだよね。まぁ六歳っていうんならあと数年は大丈夫ってことかな。

……でも、前だったら。こうなる前だったら。

かわいい女の子になってちやほやされたり、男どもを手玉に取ったり、なんかすごいらしい女の子の快感ってのを味わいたいって妄想くらいはした。僕だって男だもん。

けどもいざ本当になってみるとそんな勇気はなくって、ちょっと不安。

「ハルちゃん、大丈夫！」

「るるさん？」

ぎゅっと両手が握られる。るるさんっていつも元気だね。

その隣でふんふんと鼻息が荒い人は無視しとこっと。

「私がずっと面倒見るから！」

「え？　あ、はい、ありがとうございます？」

「わ、私も」

「えみちゃんはやめたほうがいいんじゃない？」

「然るべき治療を……あ、今日早速カウンセリングを」

「えっ」

ぼっこぼこにたこ殴りなヘンタイえみさん。

「僕はどうでもいいですけど……えみさんがアイドルできなくなるのは困るので、がんばってください
さいね」

「私のことをそこまで信頼して……！　わかりました！　任せてください！」

微妙なニュアンスのすれ違いが起きてる気がするけども、どうでもいいや。僕的にはるるさんの
事務所の中でリーダー的な立場らしいえみさんの庇護下なら何かと便利かなって思っただけだし。

「あ、そういえばハルちゃん……征矢さんはダンジョンに潜っても？」

「これまで問題がなかったようですから構わないでしょう。ですが何か異変を感じましたら」

「そうですね、なんか変になりましたら連絡します」

一年のあいだ大丈夫――最初は筋力と体力と背丈の低下で大変だったけども、慣れてからは特に問題もなかったんだし、たぶん大丈夫。あとなぜか小さくなったのに魔力が増えてるし、コスパ的には今のほうがいいし。なんなら法的には成人してるからってお酒飲んでも前の体より強いみたいだし、こっちも怒られなかったから大丈夫。

「あと……強いて挙げるのでしたら。簡易の血液検査で出ました数値で、肝臓がほんの少しだけ」

「ごめんなさい、お酒はほどほどにします」

るるさん助けて帰ってきたあと、何杯か飲んでたからなぁ……いや、だってまさか血ぃ抜かれるなんて思わなかったし……お酒飲んだ直後に抜いた血で調べたら、そりゃあアルコールもわんさか検出されるよね。むしろ、『ほんの少し』って聞いてほっとしたくらいだ。

「ハルちゃんお酒飲んでたの⁉」

「ハルさん……その体でお酒は……」

「小学校低学年までの子供特有な甘い香りの中に混じる酒精……錯覚ではなかったようですね」

「あ、そこまで嗅いでたんですねえみさん」

ちょっと怒られたけども、「一応現在の法律では、征矢さんの飲酒を止めることはできませんが……」って感じだったからオッケーなんだよね。

よかったー、お酒飲んでよくって。まぁダメって言われても隠れて飲むけども。

「あ、ハルちゃんのお酒は私がずっと管理するからね！」

「えっ」

「返事は？」

「あ、はい」

なんか、ぐいぐいくるときにはぐいぐいくる、るるさん。

――さっきもあったこの子の『ずっと』は、この子の見た目によらず、すっごく重いものだった。

それを僕が知るのは、ずっとずっと先のこと。


「さて、今後の話ですが」

「はい」

一見するとごく普通のまじめなお姉さんなヘンタイさん兼えみさんが口を開く。お仕事モードって感じで、話し方も丁寧に。どっちが本物の三日月えみさんなんだろうね。目の前の三日月さんは影武者とかかもしれない。どっかにヘンタイさんの片割れ、潜んでないかな？

「まず最初は……ハルちゃんのＳＮＳアカウントを作ってください」

「え、やですめんどくさいです」

「いえ、今どきは作るのが当たり前で」

「そういうのがめんどくさくて隠れてたんです絶対やです」

「ハルちゃんって変わってるよねぇ。男の子のときならともかく、そんなにかわいい女の子になったら『かわいいかわいい』ってちやほやされたくない？」

「え、だって僕、男ですし。男からちやほやされてもちょっと……」

うげぇってなるよ？　だって僕、男だもん……男にモテたって……ねぇ？

「あ、なるほど。女の子の視聴者さんってだいたいは格好いい男の人のところに行くもんねぇ……ハルちゃんくらいちっちゃくてかわいいなら女の子も見るだろうけど」

「わざわざ配信で見たい相手って、知り合いでもなければ異性ですし……女の人でもなんかヘンタイさんが集まってきそうですし」

「ぐっ」

「あ、ごめんなさい。今のは別にえみさんのことじゃないです」

なんか流れ弾に当たったらしいヘンタイさん、もといえみさん。でもなんか嬉しそうだからいっか。当人が幸せならそれでいいよね。当人ってなんだろうね。

「……こほん。でしたら言ってもらえたらうちの事務所が代行」

「してください。ものすごくめんどくさいので」

もともと僕は説明とかがめんどくさいから隠れてたんだ。隠れる必要もなくなったし、なんか恩に着せてるし、ならいっそのこと全部任せちゃえ。めんどくさいし、そんなことしてる暇があったら本読みたいし。なによりとにかくめんどくさいし。僕はめんどくさいんだ。

「配信の設定とかもお願いします。三年、四年くらい前に初めて配信したときからほとんど何も触ってないので」

「……確かにアイコンどころか概要欄もタグも一切……」

「めんどくさかったので」

「ハルちゃん……もうちょっとがんばろ……？」

「え、めんどくさいので」

「……配信をしていない私でもそれくらいは……」

「とにかくめんどくさかったんです」

九島さんはびっくりした目で見てきているし、えみさんも困った顔で見てきている。だってしょうがないじゃん……僕の配信って本当に趣味だったんだし。始める前と後のコメントを見るのだけが生きがいだったんだもん。

「私はわかるよハルちゃん、その気持ち……！」

「わかります？　るるさん」

「うん……！　毎回考えなきゃいけないのってとっても面倒なんだよね！　あと『るるちゃん』ね？」

一方で手をぎゅっと握ってきたるるさんは僕の気持ちがわかるんだって。この子に対する僕の好感度は急上昇中。ちょっとくらい子供扱いされても、いらっとしない気がしてきた。

「……それに、ハルさんを表に出してしまったのは、るるのせいですから。私たちにできることはなんでもします」

「じゃあ、あとでパスワードとか全部送りますから、なんかいい感じにやっといてください」

専門の人たちに〝いい感じ〟にしてもらえばなんとかなるでしょ。なんか膨れ上がった登録者も大半はるるさん目当て、そのうち減って元に戻るだろうしさ。ああいや、でも幼女疑惑っていう事実が残り続ける限りはこのヘンタイさん以外のヘンタイさんが残るのかな？

「私、あまり詳しくありませんけど……それってもう事務所所属って感じなんじゃ……？」

「一時的にでもハルさんへの勧誘を遮断する目的でそう見せかけますので、間違いではありません。騒動が収まったあとはハルさんの意思次第ですが……」

門外漢な感じの九島さんだけど、彼女でさえ僕よりこの業界について詳しそう。

「任せて！　ハルちゃんの配信は私がプロデュースするからね！」

「え？　あ、うん、お願いします、るるさん」

「お願いされたよ！　あと『るるちゃん』ね！」

るるさんの顔が近いからぷいっと適当なところへ目を移す。

「あ、照れてるー！　かわいー♥」

違うよ。僕は人と顔を近づけるのが前から苦手なだけなんだ。……そういえば君、いつの間にかすっかり砕けてるね……いや、僕は気にしないし、いいけどさぁ……僕のこと年上扱いするの、もうやめちゃったんだね。それだけが、ちょっとだけ悲しいかも。

「次に、ハルさんのご自宅……あのアパートですが」

「ドア直しておいてくださいね。高いので」

「あ、はい、それはもちろん」

腕の力だけで剥ぎ取ったらしいマッチョなヘンタイさんが言う。マッチョなヘンタイさんってやばいよね。

「……それに加えて、当分は事務所のほうで用意する部屋に引っ越していただきたく。あのダンジョンのある町からも、数ヶ月は離れたほうが無難との判断だそうです」

「高レベルの方といっても、ハルさんは六歳の体ですし……女性は警戒しても、しすぎることはありませんから」

「そうなんですか？　九島さん」

「ええ。ダンジョンの警備隊への通報も何割かは女性の危険に関するものですので……追っかけや付きまといから、もっと過激なものまで」

あー、女の子ってだけでめんどくさいのか。やっぱ早く男に戻りたいなぁ。

「あ、さっきのですけど引っ越しもやってくれるならいいですよ」

「もちろんです」

「じゃあお願いします」

僕は別にあのアパートが気に入っていたわけじゃない。田舎だから安くって広くって……ただそれだけ。あと、通勤に便利な路線沿いだったから。ほんと、それだけ。男だったときはどこ行くにも自転車でちょっと走ればなんとかなったし、この体になってこそするものの移動は足でもそんなに遅くはないし。あと、なんか住んでる人が少ないから気が楽ってのもあったし。

やっぱりダンジョンで鍛えられるレベルって大切。そうじゃなかったら僕はただの幼女で、駅まで一時間とかかかるだろうし。

「うん……ハルちゃんの正体知りたい人たちがね、あの近くをいっぱいうろうろしてたの。私たちもその人たちに見つからないようにこそこそしてたから」

「ああ、配信で僕の髪の毛とかがバレたんでしたっけ」

「ついでに言えば……こんな感じです」

「どれどれ」

さっきからスマホをいじいじしていた九島さんが画面を見せてくる。……そこには金髪ロングでローブを被ったキャラのイラスト。

「？」

「それがハルさんだそうです」

「えっ」

どっかのソシャゲのキャラ実装って感じでいろんな人が描いているらしい。それに対する盛り上がりとかがすごい。

え？　これ、僕？　なんか意外と似てるんだけど……え、怖。

「トレンド入りしちゃって、みんな悪ノリしてたみたいだね！」

「ええ……人の姿を勝手に……？」

「お嫌でしたらハルさんのアカウントを作った際に削除申請とか」

「ああいや、別にそこまでじゃないです。そもそも僕、戻れば男ですし」

この姿が鏡に映っても『僕が動かしてる体』としか認識できないし。まぁ僕自身の体って認識はちゃんとできてるけども……こう、半分くらいは僕で半分くらいは別人っていう感じ？

「……こういうの、配信する女性のファンアートというものは特に多いみたいですね……」

「有名税と思うしかないんです、こればかりは。実際に有名なほど描かれて認知の機会も増えますから……」

「えみちゃん、おっぱいおっきいからよく描かれるよね！　えっちなの！」

「るるだって……いえ、ごめんなさい」

「なんで謝るの⁉」

「だって、あなたのファンアートってだいたいいつもの不幸な場面だし……」

「……マンガのギャグシーンばっかりなんだよねぇ、私の……もっとこう、かわいいのもいいけどたまには綺麗なのとかほしいなぁ……あと、お胸ももうちょっと盛ってほしい……」

なるほどね。女の子ってだけで人気も出るけども、逆にこういうことも多いと。確かにえみさんはでかいし、るるさんは小さいっていうか絶壁で……うん、あの不幸っぷりだもんね……。

まぁ僕は男だからどうでもいいけどさ。

「ハルちゃんって顔出しも立ち絵とかもなかったし、みんな妄想楽しんでるね！」

「ポピュラーなファンアートですね。どれもかわいいです」

嬉しそうに九島さんがスクロールする。この中ではトップに常識人な九島さんでも、描かれるってこと自体はごく普通に受け入れているらしい。僕ももうちょっとネットとかやろっかな……知らなかったし、こういうの。

「……あの。なんかセンシティブな僕がいません？」

くるくるスクロールしていくとタップしないと映らないイラストがあって、それをタップしてみたらなんかえっちなことされてる僕らしき幼女がいたりする。

「ま、まあ、女性とくれば、そう描かれるのが私たちですから……」

「僕、男なんですけど」

「ごめんね……私が配信でお姫様とか言っちゃって……」

よく見たらどのイラストもなんか王冠みたいなの被ってるし。『ひざまずけ！』とか『下僕』とか鞭とかが添えてあるイラストも数知れず。

「王冠って……ヘルメットの上のカメラのことでしょうか」

「ハルちゃんお手製のだね！　あの部屋にあったやつ！」

がんばったから、遠距離職としては随分な高レベルだし、ダンジョンでは基本的にケガはしない僕。だから頭の上には一応で蒸れないように加工した帽子にカメラを取り付けてあるだけなんだけどなぁ。

ちなみに、めんどくさいときはカメラをそのまま頭に取り付ける。今の長い髪の毛にフィットするんだ。

「それも、るるが配信で言ってしまったんです」

「るるさん？」

「ごめんなさい」

「別にいいけど……アイドルさんも大変なんですね。こうやってあふんなイラスト描かれて」

一緒に流れてきた、るるさんが盛られた感じのイラストを見る。

「すっごく恥ずかしいから自分のは見ないようにしてるんだけどねぇ……でも綺麗だったりかわいいのはサムネに使わせてもらいたいし……」

「人気の代償ですね。目に余るものでなければもうなんとも思いません。配信の映像を加工したものなら怒りますが」

女の子って大変だね……勝手に薄着にされていろいろさせられて。

「……ハルさん、大丈夫ですか？」

「？　何がですか九島さん」

「何がって……ハルさんは、もともと男の人なんでしょう……？　その、だから女の子としてそういう絵とかやっぱり……」

「……あー」

そういうこと。九島さんは救護班さんってこともあって、至極常識的な人らしい。困ったらこの人に頼ろう。るるさんはそういうのじゃないし、えみさんはヘンタイさんだし。

「平気です。僕も男でしたから男の気持ちはわかるんです」

「じゃあハルちゃんが男の子だったときに私たち見てたら、そういうのも見た⁉」

「なんでそうなるんですか、るるさん」

「『るるちゃん』！　それより答えて！」

なんか真っ赤になってる、るるさん……よくわかんないけど何かが年頃の彼女の心に直撃したんだろう。見てみるとえみさんもちょっと赤くなってるし。

「……私も、気になります」

「ヘンタイさんなのに？」

「あふんっ！」

「三日月さーん、それ治さないと絶対いつか配信でやらかしますよー……」

まだ病院だからか控えめなヘンタイさんと、両手にきゅっと糸状の何かを持っている九島さん。

……見なかったことにしよ。それがせめてもの救いだ。

「それでハルちゃん、どうなの⁉」

「どうって……別に？」

「女の子としての魅力ゼロ⁉　つるぺただから⁉」

「え、いや、そういうわけじゃないけど」

「じゃあやっぱり見るの⁉」

「なんでそうなるの……見ないよ……」

「私が魅力的じゃないから？　おっぱいないから⁉」

「いや、僕、そんなに大きさとか気にしないほうで……」

それからお会計が終わってお迎えが来るまで、ひたすら見る見ないでめんどくさかったるるさん。女の子ってめんどくさいね。

あ、ちなみにお金とか全部事務所さんが出すんだって。なら仕方ない、女の子のめんどくささもホストしてるって思えばいいや。今は女の子だけどね、僕も。

◇〜〜◇〜〜〜◇〜〜

「へー、いいですねここ」

「機密を絶対的に管理するにはこういうところが最適ですから」

「わー、すごーい。ここ何十階なんだっけ」

「い……一泊何十万……私でも腰が引ける金額……」

あのあと、病院でもう一回「特に悪いところはないですね。お酒に気をつけるくらいでしょうか」って釘刺された感じのやり取りのあと、僕は三日月さんたちに連れられるままにでっかいホテルに来た。

「ハルさんへの弁償とは別に迷惑料として事務所が出しますのでお気になさらず……とマネージャーから言付かっています。目処がつくまではこちらで、と。最大で一ヶ月程度でしょうか」

「一ヶ月……長くないですか？」

「それだけハルちゃんが人気なんだよ！」

「それだけるるが、人を引っ張ってきてしまったということですね」

「あぅ」

「私のほうも上に問い合わせましたら、ある程度ハルさんに都合をつけられるということだったので。詳しいことはあとで三日月さんたちの事務所と協議します」

ふーん。つまり遠慮なく甘えて、冷蔵庫の中のも好き勝手に飲んでいいってことだよね。

「…………………………………………」

……なんかるるさんの目が光った気がするからほどほどにしよ。なんかこの子、怖いし。

「ハルさん……ごめんなさい、征矢さんの」

「ハルでいいですよ、九島さん。というより、外で間違って僕のこと征矢って呼んじゃったら前の身分がバレますし」

「……そうでした」

暫定的な扱いとして、僕は『ハル』っていう名前で、元の『征矢春海』とは別の人間として登録されたらしい。戸籍とかはそのまんまだけど、仮の身分として。名字とかどうするんだろ……まぁいいや、必要になったらなんとかしてくれるでしょ。

僕のこの体とかダンジョンでの『願いの泉』みたいなのとかは置いといて、事務所さんにお任せすれば社会的なあれこれをしてくれる。幼女歴が長くなって戻らなそうってなれば、新しい人間として生きるか、男として生きてきた経歴を引き継ぐか選べるんだってさ。

その辺は……そのうち家に帰って一回話さないとね。さすがに大人が一緒に来て話してくれたら、母さんたちも信じてくれるでしょ。いくらなんでもこんな幼女だけじゃなくって、ちゃんとした大人が一緒ならね。

でも、この好待遇。僕の脳みそだけは幼女じゃないからわかる。たぶんこれから、前の——男だった僕についてダンジョン協会……国の調査が始まるんだろうって。それで、僕が逃げ出したりしないようにって理由で九島さんたちが僕の話を信じたことにして、その間に本当かどうか確かめたりするんだろう。だからこそ女の子たちだけって組み合わせでアパートに来て、これだけ疑わずに接してくれているんだ。

だっておかしいでしょ？　男が幼女だよ？　普通なら信じない……って思う。少なくとも僕ならこっそり通報するもん。「なんか変な女の子がいる」って。僕の考えすぎかもしれないけども、この子たちはともかく上のほうはそういう考えだろうとは思う。

まぁいいや、こういうめんどくさいことは頭いい人にぽいで。

そういう裏のことはともかく、それ以外でもめんどくさいことは基本的にえみさんとるるさんの事務所に丸投げできるらしいし、僕はただここでのんびりしてたらいいだけ。僕がるるさんのあれこれに巻き込まれたからといっても、魔力が少なくて効率が悪くなる以外は使った弾しか損はなかったんだし、別のアパートへのお引っ越しくらいで手を打つのでいいもんね、ほんとうは。

だって配信だってアカウント作り直せば……ちょっとさみしいけども、たぶんこれまで通りにやっていけるんだし。

あ、でも戦闘スタイル、バレてるからなー。とりあえずはこのスイートルーム的な場所で毎日冷蔵庫からいいのを取り出してちびちび……あれ？

　これってもしかして理想の生活？

　僕の理想郷？

　僕の夢、叶っちゃった……？

「ひとまず、不便だろうとは思いますが」

「みなさんもいいですよ、普通に話してもらって」

「そ、そうですか……では」

「わ、私は救護班の立場もありますから、このままで……」

　えみさんはヘンタイさんってイメージが強すぎるから普通に話してほしいところ。丁寧に話しかけてくるヘンタイさんとか怖すぎるし……。

　九島さんは救護班さんの立場だから何なのかはわからないけども、きっと医療従事者としてのポリシー的なのがあるんだろうし、なんとなくまじめって雰囲気に合ってるからいいや。

というか君、どこまで付いてくるの……？　るるさんとえみさんはまだわかる。僕が巻き込まれた関係者だもん。でも九島さんは……いや、貴重な突っ込みと常識要員だからいいけどさ。

「……不便だとは思いますが、ハルさん」

「ハルでいいですよ。今は僕が年下ですし」

　あ、まじめモードになると「ハルたん」とか言わないんだね。

「……ハル……には、この部屋で来週まで過ごしてほしいの」

お、なんか新鮮な感覚。ヘンタイさんなのにね。

「食事や買い物はルームサービスで手配するか、私たちに連絡してもらったら可能な限りに手配を、ということで……その代わりに外出は」

「つまりは軟禁ですか？」

「……言い方は悪いけど、その通りね。なにしろるるのせいで、今のハルは有名人どころではないから……」

まぁね、僕の住んでたアパート付近ならまだしも、この姿でこんな都会に来てその辺ぶらぶらしてたらめんどくさいことになるよね。隠蔽スキル使えば平気なんだけどね。得してるから言わないけども。隠し球は、言わないからこそ隠し球なんだ。

「大丈夫！　私がハルちゃんと一緒に暮らすから！」

「？」

なんかるるさんが変になってる。

「あ、あの、るる、それは」

「だってハルちゃん、不安でしょ？　女の子になっちゃっ……たのはずっと前だけど、でも急に家から出されて病院行って。それでこんな高いところで一人でいろって！」

僕の手を握りながら「大丈夫だからね！」とか言い出するるさん。

いや、別に僕は大丈夫なんだけど？

「しかしハルさ……んは、元は男性なのよ？」

「でも今は女の子。検査の結果でも正式に出たよね？」

「え、ええ、そうですね。トランスジェンダーということで登録はしましたが、肉体的な性別は女性という枠組みです」

あー、なるほどね。今はそういう表現があるんだ。確かに肉体は女で心は男ならそうなるのかも。肉体年齢と精神年齢の差はともかくとして、僕を客観的に表現するとそうなるんだね。

「同性の小さな女の子の付き添いだもん、マネージャーちゃんもＯＫって言ってくれる！」

「い、いえ、でも、万が一が」

「――あんな変態なえみちゃんとは比べられないくらいに安全だって思うよ？」

「ぬぐう！」

あ、えみさんがものすごいダメージ受けてる。というか結構えぐいこと言うね、君……今、たぶんすっごく的確にえみさんの心えぐったよ……？

「……一応私も、メンタルケアや不測の事態に備えて隣の部屋に滞在するので……」

「え、九島さんが？」

「はい。私、しばらく征矢……ハルさんの担当ということに、なったみたいなので。……この先に『願いの泉』でハルさんのようになってしまった人のメンタルケアや、経過観察に役立てるという意味もありますので、お気になさらず」

そんなこと聞いたっけ？　聞いた気がする。待合室でヒマだからタブレットで本を読んでたときに、うわの空で。まぁダンジョンの中……の何かで男が女になるって、しかも別人ってのは見過ごすることはできないくらいの大事件だし、しょうがないのかな。

ごめんね？　普段のお仕事邪魔しちゃって。でもたぶんダンジョンに潜るよりここで僕のこと見張ってるほうがずっと楽だろうから勘弁してね。

「じゃあ私も九島ちゃんとこに泊まる！　それならいいでしょ！」

「え？　ええ、私は別に……」

「……それなら文句は言えないわね。女子同士なら……」

いや、君たち僕の気持ちは？　一人で静かにしていたいっていう僕の気持ちは？　……ナチュラルになさそう……女の子って意識ある間は話してる生き物だし……話しながら気分でころころ意見が変わる生き物だし……。

「あの、僕は一人で――」

僕は、ぽそりと抵抗を試みてみる。

「うちならすぐにOK出るから問題ないね！　じゃあ荷物取ってこよーっと」

「私は止められないけど、るるの親御さんが許可を出したらよ？」

聞いてない。

「だいじょう――」

「で、では私も……ハル……さんを案内しましたので、一旦帰ります。夕方にまた来ますから、それまではお部屋でお願いしますね」

女の子たちがきゃっきゃしてる。聞こえてない。

「ぶ……」

「ぶってくれるの⁉」

ぎゅるんってえみさんが振り返ってきて怖い。

「え、いや、そういうのはちょっと……」

「……そうですか……非常に残念です……」

僕は昔から自己主張が苦手だ。「クラスのみんなで話し合ってください」とかな場面になると、僕がこそこそ仲のいい友達と話してる間に全部決まってて、なのにその友達は自分がしたい当番とかはいつの間にか先生とかに言っていて、「征矢くんは決めてないから……これでいいかしら」とか余ったのになるし。

「……………………」

集団生活を強制される学生の頃にあった、悲しい出来事。それらを浮かべているうちに、えみさんは自然に挨拶をして出ていっていた。

「……………………」

こんな幼女になってさえ、僕ってものは変わってないらしい。いや、むしろ小さくなったから余計に……。

「……ハルちゃん。ハルさん。……イヤ？」

るるさんが急にしおらしくなって、かがみ込んできつつ、上目遣いをしてくる。『ああ、これが女の子としての本能的な技なんだなぁ』って感心するあざとさを見せてくる。

なんだ、聞こえてたんじゃん……。

「……同じ部屋じゃなければいいよ」

「やった！」

「あと来ても、僕、本読んでるくらいだから」

「大丈夫！」

いいよって言っちゃった。あと何が大丈夫なんだろ。

よくわかんないけども、こんなあざとさを見せられちゃったら……年下の女の子には敵わないよね。だって男だもん。男は女の子に逆らえないんだ。男って損だね。女の子ってお得だね。そういう意味じゃ、今の僕はお得の塊だね。

「……深谷さんはこちらで抑えます。たぶん、死を意識したときにあなたに助けられたために……きっと、一時的なものだと思いますから」

「お願いします、九島さん」

こういうときに冷静な子っていいよね。ぜひ隣の部屋で女の子同士おしゃべりでもして、僕のところに来る前に疲れさせておいてほしい所存だ。

三章　『ヘッドショットロリ』の脱走

さて、僕がお高いホテルに連れてこられてから二日。

なんとかしてるるさんたちが——特にるるさんが僕の部屋に泊まるのを阻止したものの、毎日朝昼晩と九島さんを連れてきて一緒にごはんを食べるし、そのあとはだらだらと部屋にいるしで実質的に泊まっているようなもの。

救護班さんな九島さんもそんなるるさんで最初は困ってたけども、悲しいことに僕から男らしい成分が何も出てないのを理解してか、今じゃすっかり普通に僕にも話しかけてくる間柄。

うん……今の僕じゃ男成分、かけらもないもんね……。

あと驚愕なことに、あのえみさんはあんまり来ない。びっくりした。だって身構えてたから拍子抜けで。なんでも事務所のほうでのお仕事が忙しいらしいね。どうやらその辺はネットで調べた彼女の評判通り。

僕のことでるるさんといろいろしてくれてるらしいから感謝しとこ。……たぶんヘンタイさんだから、できる限り忙しくさせて僕から隔離するって意味合いもあるんだろうし……だってるるさんはこっちに入り浸りだし……きっと幼女成分に餓えてるはず。

次会ったときには、僕から抱きついてあげようかな。僕は健康的な体つきのＪＫなえみさんのお腹に抱きつけて幸せ、えみさんも幼女に抱きつかれて幸せ。お互いの需要を満たせるね。まぁ、へンタイさんだからといっても、いくらなんでもこんな幼女にわいせつ行為……しそうだからほどほどにしとこっと。ヘンタイさんにはごほうびあげすぎると大変なことになるって知ってるから、本当にほどほどに。

勢い余って女の子にいたずらされるのは男としては大歓迎だけども……あの子、なんか怖いし。

表面的には立派なお母さんとかお姉さんキャラしてるらしいんだ。そんな子を犯罪者にするわけにはいかないもん。届かないなら届かないってわかってるほうが諦めもつくし、見てるだけで満足できるもの。そこで距離感間違えちゃうと歯止めきかなくなりそうだしさ。

ほら、あの子も高校生だし、まだまだ先は長いし。

「…………………………」

今日はるるさんが忙しいとかで景色のいいホテルのでっかいベッドの上は広くて静か。僕はいつも通りに本を読んでるだけ。

――だけども。

「あきた」

僕はだらだらしながらぽつりとつぶやく。

僕は別に引きこもりじゃない。引きこもりってのは意外と大変なんだ。だから普段から朝晩は軽く散歩くらいするし買い物もしてた。ダンジョンに潜らない日は近くの公園とか駅前とかを、隠蔽スキルな隠密の練習がてらに歩き回るくらいはしてた。

だから、さすがに軟禁三日目ともなると体がうずく。みんなに言えば近くくらいは出られるだろうけども、そうじゃない。僕は一人でのんびりうろうろしたいんだ。

部屋だって広いといっても基本的に廊下に出られないんだもん。そりゃ事情はわかってるけどヒマなものはヒマ、うずうずするものはうずうずする。

「あー……」

どうしよっかなぁ……。

部屋に敷かれている分厚いじゅうたんにぽすっと飛び下りて、足の裏のぞわぞわする感覚を楽しみながら壁いっぱいな全身鏡の前へ。

いつも通りにただ下ろしただけの――るるさんたちが朝に時間がある日は毎回髪型変えられて、今日は両端がぴょこんってなってるけども――長い金髪と、そこから覗く蒼い瞳。

この髪型、なんて言うのか忘れちゃった。まぁ僕は男だからどうでもいっか。中身はね。

眠くはないんだけどもまぶたが眠そうになる目。

ぷにっとしてるほっぺたに白い肌、小さな体。新しく買い与えられた服――白いワンピース。

「どうしても嫌なら女の子の服は返してくるよ？」って泣きそうな顔でるるさんが言うもんだからさ……なんとなく断れずに着ちゃって喜ばれちゃったから、もう三日連続で似たのを着ている。

自己主張できないなぁ僕って……あの子たちが年下の子ってことで、大抵のことはまぁいいかって甘やかしてるのもあるんだけども。

「悪くは、ないけど」

鏡の前で、くるんと一回転。

ふぁさっとスカートがなびいてふとももがちらちら、ふとももをすべすべ撫でるスカートの裾。ちょっとどきどきする。

このどきどきは……うん、まだ男としてのどきどきだ。女装してる感覚、罪悪感と興奮が含まれてる感じの。だから僕は、まだ男のままで、きっと男に戻れる。

──こういうのをときどき確認するために女物も持ってたんだよね、アパートに。あとはシャツ一枚だったりすっぱだかだったり。

幼女だから性的興奮は脳内でもないけども、目の保養にはなるんだ。

やっぱり女の子ってだけでどきどきするもん。

これで生えてたら──いや、どきどきするな。

なんで？

顔か。

やっぱり人は顔なんだ。

そうだ、この幼い顔がまた庇護欲をそそる感じで、成長すれば僕好みの──。

「…………………」

やばい思考回路になりかけたのを封印。ここから先はまずいんだ。

ごそごそ。

るるさんとえみさんが……いくらしたんだろ、「経費で落ちるって素敵」とか言ってたから十万とかいってそう、いや、もっとかな……まぁいいや、経費っていくらでも使っていいらしいし……

買ってきた大量の服の中からつばの広い帽子、あとは蒼いサンダル。

ついでに、おしゃれだけどあんまりものが入らなそうなリュック……これをリュックって言っていいかはわからないけども。

とてとてと、身の回り品をまとめてあるベッド横に引き返した僕は、リュックの中へアパートから持ってきた携行用の荷物を厳選してもぞもぞと詰める。

そして――スマートウォッチな見た目の緊急脱出装置。あと返してもらったダンジョンのカードキー。スマホも持ったから買い物もできるし、小さい武器も持ったから、弱いのなら追い払える。

「よし」

じゃ。

いい加減ヒマになったし、今日はみんな離れたところにいるらしいし。そもそも僕、はっきりと「絶対にここから出ちゃダメだから！」って言われてない。だから、気晴らしにちょっと潜ってもいいよね？

大丈夫、普段とは違うとこってことで趣向変えるから。一般人に襲われても返り討ちできるのがダンジョン潜りってやつだし、町中でも緊急脱出装置は作動――するかは忘れたけども、通報ベルくらいは鳴るはず。そこまでいったらこの見た目だ、周りの人が助けてくれるし大丈夫でしょ。

顔もバレてないし、平気平気。

あ、外出られるって思うとなんだかわくわくしてきた。あと、やっぱダンジョン行けるって思うと楽しいね。

「……はぁ」

すっかり中毒だなぁ……。ま、もはや趣味な仕事だからなぁ、ダンジョン……。

きぃーっと、ドアを開ける。

「こそこそ」

僕の隠密スキルは、ダンジョン内のいろいろが相当減衰する外であっても、かなりのものだ。

だって僕は遠距離専門。モンスターとか怖いのに近づくのもやだし、レベル相応なら死なないとはいってもケガすれば痛いものは痛い。だからとにかく遠距離での攻撃手段と敵に気づかれないスキルを磨いて、はや四年。前の体で三年、この体で一年。石の上にもなんとかって言うし、これくらい続けてると、僕自身のことながらなかなかのものだって実感する。

「…………………………」

だから、部屋から廊下へのドアを開けて真横にいる警備の人――たぶん、るるさんたちの事務所からの派遣さん――にも、ドアが開いたことすら気づかせない。隠密っていうのはそういうこと。

これはもう感覚なんだけども、モンスターを含めた生物は、五感からの情報と意識で周囲の情報を把握する。だから僕が空気みたいになれば、自然の作用で動いたように感じられたら反応もしてこないんだ。

警備の人と、ぱちっと目が合う。

「…………………」

「…………………」

——合ったけども、ムキムキスーツなその人は二、三秒で何もなかったように前を向く。

ほら、何もなくてもふとどこかを見ちゃうことってあるよね？　あんな感じになっているんだ、今のこの人。ちなみに犬とか猫にはばっちり見られるから注意。あいつらは僕の隠蔽なんて軽く突破する高レベルなんだ。

「じゃ、いってきます」

こんな声を真正面で聞いても〝気にならない〟。だけども礼儀として言っておく。

そんな僕はつばの広い帽子、ワンピースに小さいリュック、それにサンダルっていうお出かけモードでホテルを抜け出した。


「…………………」

隠密スキルは町中でも完璧。けどもダンジョンとは違って完全に気配が消えちゃうとぶつかられちゃうから、「そこに人がいるなー」程度の気配感。おかげでこんな姿で歩いても誰も気にしないもん。人目があんまり好きじゃない僕にとっては快適だ。

今のところ僕にスマホを向ける人もいないみたいだし、大丈夫っぽい。けども、特にスキルを持たない普通の人の中にも勘のいい人はいる。ダンジョン内でモンスターを倒すと上がるスキルの中で『探知』とか『発見』とかそういう系統のものを、生まれつきとかで持っている人もそれなりにいるらしいんだ。たぶんそういう人が幽霊とか見るんだろうね。

……っていうことは幽霊っぽい何かは本当に存在するってことになっちゃうんだけども、怖いから考えるのやめとこ……僕はホラー系が大の苦手なんだ。ダンジョン内のゴースト系ならともかく、いわゆる幽霊って怖いし。モンスターなら倒せるけども、幽霊さんたちはどうかわかんないし。

さてさて、今日潜ろうとしてるのは近場の、かつ初心者用のレベルの低いダンジョン、それでいて階層が深いとこ。さすがは都会、人が多いから近くのダンジョンが一覧になってて素敵。名前が似てるところが多いのも、いろいろ乱立している都会っぽい感じがする。ちょっと検索しただけで細かく情報があるのもまたいいよね。単純に母数がケタ違いなんだ。人口は正義。

今の僕は町中を歩く格好。ワンピにサンダルと、本当に近所を歩く格好。……強いて言えば帽子の上にくっつけたカメラだけ違和感だけども、今どき町中で配信してる人なんてそんなに珍しくない。せっかくめったに来ないとこに来たんだし、ずっと同じことばっかりしてたしでそろそろ新しい何かをしてみたいって思ってたし、ちょうどいい機会だ。

だから今日はダンジョン素潜り。ダンジョン内でドロップするものとか落ちてるので切り抜ける、クリアまでのＲＴＡ——速さを競うやつとかで盛り上がるジャンルらしいね。生配信で事故も多いってのが人気の要素らしい。もっとも僕は隠蔽＆遠距離特化だし、なによりこの体だしで無茶もできないし、まだ魔力も割と底だってことでいつも通りに慎重に遊ぶだけだけども。

今日のとこは初心者用だけあって、実入りは少ない。けども、どんだけ少ないといっても数をこなせば半日で数万円は余裕だし……ダンジョン潜って一回の換金で数百万とか数千万とか、気がついたらおかしくなってる金銭感覚取り戻すためにも、たまにはこういうことしないとね。

でも、初心者用ダンジョンかぁ……なんか初心に返った気分。最初は普通に突撃して痛い目見て普通な戦果しか挙げられなかったなぁ。男の頃はね。今はどうしてこうなっちゃってるんだろうね？ ついでに幼女になっちゃってるしさ。

「……よしっ」

僕たちの生命線な緊急脱出装置の動作確認も完了。いつもみたいな装備はないけども逆に気合は充分。配信カメラも問題なし。

「あ」

そうだ。僕の素敵な頭脳は素敵なアイデアを映し出す。

……ああいや、せっかくひとりぼっちを楽しむのにるるさんたちに見つかっちゃうか、配信なんかしたら……いや。確か、最初の頃に作ったサブ垢があったよね……あったあった。

数字が大きくなりすぎてて、なんかヘッダーとかアイコンとかがかわいくなっちゃってる僕のアカウントを見つつ、もう一個のほうに設定し直した。

……たくさんの人に見られるのはやっぱ苦手。だけど、いつもの人たちが見つけてくれるんならそれでいいよね。なんか〝始原〟とか格好いい名前にされてた人たちと〝初見〟って人――登録者の最初の人だけに、通知をオン。何年も使ってないアカウントからの通知で来てくれるならよし、そうじゃないならそれでもよし。

じゃ、はじめてのぼうけん的な配信、やっちゃおっか。

◇ ◇ ◇

普段通りのことするとなんか落ち着くよね。

ダンジョンの一階層に入ってきた僕は、ごく自然に頭の上に手を伸ばしてカメラの向きを確認。

これでばっちりだ。

「ということで、持ち込みほぼなしでのアタックです」

声の大きさとか大丈夫かな？

……配信歴何年選手なはずなのに、初心者みたい。

ま、まぁ、声出しとか初めてだし？　今の僕、幼女だし？

【見知らぬアカウントからの通知がいきなり飛んできたと思ったらハルちゃんで草】

【いつもの時間だって思ってなんとなく開いてた俺とハルちゃんが通じ合った……？】

【いや、いつもだからだろ】【自然に幼女ヴォイスが聞ける幸せ】

【まだ……まだショタの可能性は……！】【あのときの初見まで招待されてて草】

「一応、あの騒ぎの前までのみなさんということで。あんなに膨れ上がった人たちの分なんて僕、捌けませんし」

【僕っ子ーーーーーーーー!!!!!!!!】
【初見の喜びようがすげぇ】【僕っ子ロリ……いいね】
【一瞬で濃いキャラ付けな俺たちのハルちゃん】
【思ってたより落ち着いた話し方だ】
【文字コメントオンリーのときと案外似た印象】

ちょっとだけとはいえ、今の僕の声はるるさんのときのでバレてるらしい。……それに男のときから「コメントにいちいち打って返すのめんどいなー」って思ってたし、もう子供バレしてるし。あとここにいるのは今までの人たちプラス一人だし、お披露目にはちょうどいいかなって思ったんだ。風変わりな僕の配信見続けてた風変わりな人たちだし、それ以外の人たちには非公開だし、まぁ大丈夫でしょ。人の見た目なんて声だけじゃ案外わからないものだし。あと僕のこと男の子だって思ってる人もいるし、ここは「女の子だって思いたいけど、声変わりする前の歳だから男の子かも……『僕』って言ってるし……」って可能性残しとくことで正体隠しとこ。

あ、髪の毛……も、今は多様性の時代だ、髪の毛伸ばしてる系男子だって小学生でもいるはず。

変装のためにかつら……ウィッグって言うんだっけ、被ってるともいえるし。まぁバレないときはどんだけずぼらでも何年でもバレないし、バレるときはどんだけ気をつけていても一瞬でバレる。

世の中ってのは、そういうもの。るるさんみたいに、ありえない確率の不幸踏み抜く存在もいるんだからね。……すごい説得力だ。るるさんってばすごいんだね。

「いつもの通りなのでつまらない配信だとは思いますが……ヒマなので潜ります」

【草】【さすがのハルちゃん】

【まぁ伊達に毎日潜ってないしな】

【あ、そうだハルちゃんハルちゃん、るるちゃんとかのって聞いてもいいやつ？】

「あ、そうですね。別に言うなとは言われてない気がします」

たぶん。

まぁ間違ってても、たかが十人に漏らしても大丈夫でしょ。大丈夫、この人たちってば風変わりだから。

【いつものアカウントのほうじゃ、るるちゃんっぽいタイトルだったけど】

「たぶん、るるさんが設定したんだと思います」

【まさかハルちゃん、個人勢から事務所に拾い上げ⁉】
【もしそうならすごいよな】
【トップランカー揃いで上位十位入りだろ？　あの事務所って】

「え、そんなにすごかったんですかあの人たち」

【ハルちゃん、やっぱりぜんぜん知らなかった……】【まぁハルちゃんだし】
【ネットろくに見てないって、去年あたり言ってたもんねぇ……】

「そうですね。スマホとかも一日……最大で十分くらいかな。見ない日もありますね」

【ハルちゃん、厳しいお家なのかな】
【厳しいお家なのにこんなに毎日潜れないだろ】
【というか稼ぎ的にハルちゃんが家長とかなんじゃ？】
【でも幼女だろ？】【ショタです‼】
【詮索はいい、ハルちゃんはハルちゃんなんだ】

え、去年とか……結構前に言ってたこと覚えてた人がいるんだけど、記憶力すごいね……僕なんか今日言われたことも忘れてるよ。まぁ僕の配信をわざわざ追いかける人たちだし。僕と同じくらいの変わり者なんだろうね。

「ダンジョン入ったらあんまり話せないですけど、返事なくても気にしないでくださいね」

【りょ】

【つまりはいつもの無言配信だな】

「そういうことですね」

ダンジョンの入り口から少し。やっぱり都会でも、平日の午前っていうのは人気がないらしいからってことで、軽く視聴者さんたちにご挨拶。

——じゃ、行ってみよっかな。

◇

【けど珍しいねハルちゃん、普段は入り口のモンスターのレベルが二十五とか三十のダンジョンなのに初心者ダンジョンって】

【いつも敵がろくに映らないから緊迫感ないけどな】

【ハルちゃんのレベルとスキルで今さら初心者用ダンジョンっていうのも不思議だけど、確かに新鮮な感じ】

【はじめてのぼうけん……】【閃いた】【通報した】

【あの、私この前のが初めてだったんですけど、ハルきゅんっていつもそんな高難易度のところにソロなんですか？】

【そうだな、いつも結構高いところ行ってるよな】

【やってることと言えば、毎回ただただ壁沿いを静かに進んで、岩陰とかに隠れてじっと待ってのヘッドショットだけどな】

【後衛職なら装備と技量次第でレベルもあんまり関係ないから……ソロだけど】

【普段の戦闘スタイルも、遠距離から忍び寄ってモンスターのクリティカルショットなんだけど、あの配信でみんなヘッドショットって言うようになっちゃった】

【俺たちのハルちゃんが……メジャーデビュー……】

【ファンとしては喜ぶべきなんだろうけど複雑】

【こっそり応援していた子が急ににわかに取られるこの気持ち】

【わかる】【わかる】【このアングラ感がよかったんだよ】

【それをわかってかわからないでか、俺たちにいつも通りを見せてくれるハルちゃんマジ天使】

【ハルちゃんだから天然だろ。この辺のコメントも見ないのも含めて】

【草】【それは褒めてるのか？】【当たり前だろ？】【草】

初心者用……ちゃんとした武器と防具と道具、モンスターへの知識と戦い方さえ準備したなら、一般人、子供でも五階層くらいまでは進めるレベルのとこ。もちろん複数人でってのが大前提だけどね。本当にモンスターもレベル一とかだし。だからこそほぼ手ぶらで来るにはちょうどいい。……正直、今の僕ならレベル……十五くらいまでこれでも行けるとは思うけどさ……ほら、るるさんのあれ見たら……ちょっと怖いじゃん？

罠を連続で踏み抜くとか……アレほどのはないにしても二連続くらいはないとは言えないもんね。ちなみにるるさんのアレは宝くじよりも低い確率なんだって。あの日あの時間に宝くじ買ってたら今頃、億万長者だったのにね。

それにダンジョンってのは人類圏に現れた人類圏外なんだ、突然変異のＦＯＥ——なんか強いやつ——的なのだってゼロじゃない。痛い思いはしたくないもん、油断だけはしないんだ。


【で、ダンジョン入ったら今みたいに、まずは石拾いからがハルちゃん流】

【石……？】

【普段はスリングショット……賭け事のほうじゃないパチンコ用の弾用。でも今日は武器すら持ってないから投擲用かな】

【投擲スキルあれば石ころだって充分な威力になるんだよな。俺、この配信で初めて知った】

【俺も】【ハルちゃん、投擲スキルどのくらいなんだろ】

【最低でも三十くらい？　ダメだ、マニアックすぎる戦闘スタイルでネットにもない……】

【だってどう考えても他の武器のほうが便利だし……】

【草】


ころころと袋に溜まってきたのはいい感じのサイズの石。石っていいよね……弓矢だと矢が折れたりするし弦が切れたりするし、銃だと弾代が……ね？

それに比べてその辺の石ころってのはいいものだ。なにしろほとんどの人にとっては無価値で注目に値しないもの。そんな石ころみたいな人生だって悪くはないんだ。

男だった僕だってそうだったもん。

早く石ころみたいな男に戻りたい。それが僕の幸せ。


【あ、でも】【おててが映ってる‼】

【あー、もう隠す必要なくなったからか、カメラがちょっとだけ下に着けてある……いい……】

【おてて‼　ちっちゃなおてて‼】

【落ち着け】


「っと」

ひゅんっ。

まだ低層っていうか一階層だしってことで隠蔽も切ってるからか、早々にモンスターの気配を察知した僕。……うん、レベルが低いからのろのろだし、足音もはっきりしすぎてるから思わず見ずに石投げちゃった。

さすがに無理……あ。


【え？】【なに今の】【ハルちゃん、もしかして……】

「見てなくてごめんなさい……そうですね、モンスターいたっぽいので適当に投げました。反応が消えたので、たぶんいつも通りです」


【えっ……ハルちゃん、なんかさらにレベル上がった……？】

【まぁ普段なら、攻撃食らったらＨＰの何割か削れるレベルの場所から一気に低レベルだし……】

【ハルきゅん、もしかして見ないで投げた……？】

【いつもみたいに狙い澄まさなかったから、たぶん】

【あー、あのドラゴン倒したから】【なるほど】


舐めすぎてるるさんみたいに変なトラップで――ってのは怖い。だって近くで見たもん……何あれ、ほんと怖い。だからどれだけ弱くとも万全に。

【あ、ドロップ】

【ヘッドショット……以前にハルちゃんのレベルとスキルで瞬殺か、さすがに】

【たぶんかすっただけでこうなるな】

【あ、本当だ、ただのスライムのとかか】

【ハルちゃんとスライム……閃いた】【通報した】

【さっきからやめて、ハルちゃん相手だとマジで捕まっちゃう】

【安心しろ、冗談だ】

【え？　通報しちゃった】

【え？】

【え？】

【安心して、冗談だから】

【やめて、リアルロリ疑惑のハルちゃん相手は冗談にならないからホントやめて……】

【草】


何も持たないチャレンジだからってさすがに弱すぎたかな……ダンジョン選び直そっかな……。

でもこの程度のダンジョンでも、普通にバイトとかで働くのよりずっと手に入るもんなぁ。

あと、やっぱりこうやって戦うのって楽しい。もはや中毒。

ダンジョンに潜りすぎると取り憑かれるって言うけども、そういう意味じゃ僕はとっくに取り憑かれちゃって、ついでに女の子になっちゃってる感じなんだろう。

◇～◇～◇～

【あれ、ハルちゃん何してるの？】

【さっきから止まって……FOE？】

「いいえ、そういえばなんとなくの思いつきで何も言わずに出てきちゃったので、えみさんくらいには伝えておこうって」

【えぇ……】【おでかけ先と帰る時間、お母さんに言わなきゃダメでしょ！】

【えみお母さんが一緒の生活……】【うらやまー】

【えみお母さんに甘えるハルちゃん見たい】

【えみママに埋まりたい……】

【胸とふともも、どっち？】

【もちろんどっちも】

あ――……。
みんな、えみさんが本当はヘンタイさんだって知ったらどうなるんだろうね。案外すぐに受け入れられるかもしれないけどさ……だって男ってそういうもんだし。

【るるお姉ちゃんに甘える……いや、るるちゃんなら】

【ひたすら抱きついて甘えてくるだろうな……天国か】

【おねショタ！！！！】

【落ち着け初見、おねロリの可能性のほうが高いんだ】


けども、ちょっと落ち着いて考えたら……ああやって抜け出す時点で僕のストレスはそれなりにあったんだろう。だから行き先も今伝えたくらいだし。

ま、今伝えたし怒られないでしょ……怒らないよね？

あまりにレベル低いってのはダンジョン名調べればわかるだろうし、なまらない程度に体動かしてくるって書いといたし。

あ、バッテリー節約のために他のアプリ落としてっと。

すいすいっと……よし、問題なし。


【あ、ちょ、ハルちゃん】

【ハルちゃんハルちゃん、設定！　配信設定触っちゃってる！】
【あ、ダメだ、これいつもの見てないパターン】
【あの……いつものアカウントに移動しちゃってるんだけど……】
【ハルちゃーん！】

「せっかくですし、ある程度までは止まらずに歩いて潜ります。ちょっとでもダメージ受けそうになってからいつものスタイルってことで」

【ハルちゃーん‼　ダメだ、やっぱり見てない！】
【ちくしょう、けどそんなハルちゃんがかわいすぎる】【天然ロリ……】
【でもサブ垢からそのままメインに移動して配信とかできるの？】
【そんな機能……あ、あった】【あるのかよ⁉】
【まー、普通の人は使おうともしない機能だよな。でもなんでこんなのを？】
【今の感じ、チャットの後に配信アプリに戻って指が触れちゃってって感じ？】
【そんなミラクルある？】
【やっぱりるるちゃんのせい……？】
【るるちゃんに関わったから……】
【もしかして勝手に出かけちゃったから思念だけ乗り込んできた？】

【ホーミングるるちゃん？】【ホーミングるるちゃん草】

【ハルちゃん……これ見たらその足でお祓い行って……無理かもしれないけど、るるちゃんとの接触歴が短いからまだなんとかなるかも……】

やっぱり適正レベルってのがあるんだなぁ。ゲームとかだって簡単すぎてもつまらないものだしさ。

そんなわけで、僕はいつも通り、ダンジョンに潜る人の常として取り憑かれたようにモンスターをばしばし倒しながら下へ潜っていった。

◇

「えみちゃーん！　九島さーん！　ハルちゃん勝手にダンジョン潜って配信してるよー⁉」

ダンジョン協会、地域支部の会長室。そこで『征矢春海、またはハル』について今後を議論していた中、突然に上がった悲鳴。

「すみません、緊急のようですのでご容赦を……それで、るる。彼……彼女は部屋にいるはずよ？外出する連絡は来ていないみたいだけど……ですよね？　九島さん」

「え、ええ……念のために守衛さんに連絡してみますね」

「でもほら！　配信！　ハルちゃん!!　おてて!!」

「！！！！　……こほん、確かにその柔らかさ加減はハルさんのものですね」

「え、三日月さん手の甲だけでわかるんですか……カウンセリング、早めますね」

「どうして⁉」

「いえ、その言動で……」

会議に集まっていたメンバーたちも次々とスマホを取り出し、渦中の〝彼または彼女〟のアカウント――の前にＳＮＳを覗き。『ゲリラ配信』『ハルちゃん』『素潜りダンジョン』というワードがトレンド入りしているのを見て――頭を抱えた。

「私とのコラボの前にダンジョン潜っちゃったー！　私とのコラボー！」

「いえ……まだるるとコラボとは決めていないけどね……でも……」

――やはり軟禁ではなく、隔離すべきだった。なにしろ、姿形がダンジョンのせいで変わったのに一年もそのまま暮らしていた人間だ、変わり者なのは間違いがない。そうわかっていたものの、可憐な幼女という見た目で手加減してしまっていた。

そこにいるメンバー全員が、自身の判断を悔やんでいた。

「ハルさん……帰ってきたら、ご自分の注目度。ちゃんと知ってもらわないとですね……」

「無理だと思うよ？　ハルちゃん、いつもぽーっとしてるし」

「るるには言われたくないと思うけど……改めて教えないと危険ね。ええ、本当に……」

【おい、もうハルちゃんのゲリラライブ、トレンド入りだってよ】

【だって実質デビュー配信だろ？　これ】

【それがまさかの平日昼間のゲリラだもんなぁ】

【さすがるるちゃんに吸い寄せられたハルちゃん……格が違う……】

【草】【事務所のサプライズだって説が一蹴されてて草】

【だってるるちゃん関係だし……】

【普通ならまず、えみちゃんとこの事務所が新しいプロデュースしてる一環だとかって思うはずなのに、コメント欄がほぼ「るるちゃんのせい」って一致してるの草】

【だってるるちゃん関係だし……】【疑問は完全に払拭されたな！】

【るるちゃん大人気だね！】

【そりゃまあ、みんなまだあの配信の衝撃忘れてないし】

【それがハルちゃんとセットだもんなぁ】【羨ましいはずなのに羨ましくない事実】

【だってるるちゃんだよ？　お前ハルちゃんと代わるか？】

【いや……それはちょっと……】【普通の人間にはちょっと……】

【命がいくつあっても足りないかなって……】【るるちゃんのことどれだけ好きでもちょっと……】

【るるちゃんに対抗するにはフライングロリじゃないと……】

【草】【えみちゃんとこのメンバーかハルちゃん以外は無理だもんな！】

ふむ、よし。

もう三十層くらいだと思うけど、それなりに素材のドロップも武器とかのドロップも手に入っていつも通りになってきた。さすがにここまで潜ってくると、最初みたいに舐めてたら痛い目見るだろうから慎重にはなってるけども、まだまだ行けそう。やっぱり何年も毎日のように潜ってたからダンジョンの中のほうが心が安まるね。

僕ここに移住しようかな。冗談だけども。

というか……普段から安全マージン取りすぎてるのもあって、正直、僕自身のレベルがよくわかんないんだよなぁ、最近。男のときはここまで毎日じゃなかったけども、一年前にこの姿の女の子になって。なんか信じてもらえなくて仕事をすぐクビになってからは、生き甲斐がダンジョンしかなくなってひたすら潜ってるし。で、結構安定してきてからは「ちょっと冒険しよっかな。でもソロだと万が一がなぁ……」ってなって、結局いつも通りのランクのとこ潜っちゃう。こういうのってよくあるよね。よくないことなんだけどね。

あ、そうだ、不安ならえみさんとかに来てもらえばいいのか。

るるさん？

あの子はちょっと……ほら、一緒に落とし穴落ちそうだし……。

【顔出しなし、ほとんどしゃべらない、たまにおててが映る程度で同接二十万……】

【ゲリラで始めたばっかかでこれはすごい】

【あのときほどじゃないけど、あのときが異常だったんだよなぁ】
【いろいろと普通じゃないもんな、ハルちゃんは】
【るるちゃんがトラップ踏み抜きはじめたあのときからの流れがまだ続いてるんだろ】
【ここからが勝負だよ、ハルちゃん】
【え？　またるるちゃんと一緒にドラゴンと戦うって？】【イヤ無理だろそれ】【草】
【でもこのままだと同接下がり続けそう……ハルちゃん大丈夫かな】
【ハルちゃんだから全然気にしないでしょ】
【なんなら十人とかになってもけろっとしてそう】
【「そういうこともありますよね」とか言いそう】
【それがハルちゃんだ】【うむ】
【ショックを受ける可能性がない】【草】
【始原から布教されたハルちゃん像で納得する俺たちがいる……】
【でもなー、もうちょっと派手なところ見せろよなー】
【せめて顔くらいは見たいよなぁ】【ていうか自己紹介とかないの？】
【こういうコメントも増えてきたしなぁ】【雑音多いけどハルちゃんがんばって！】
【大丈夫、ハルちゃんはろくにコメント見ないんだよ】【つまりはノーダメ】
【良くも悪くも動じない、それがハルちゃんだ】
【なんなら雑音も「そういう人もいますよね」って本気で気にしない】【間違いない】

【草】【ある意味プロのメンタルな安心感】【これがプロのロリ……】

【完全にマイペースだと逆に安心できるな！】

【安心できる要素がゼロなのに、なんでこんなに安心できるんだ……】


今の手持ちは、普通品質のパチンコと石七十個、同じく長弓とぼろ矢三十本、狙撃銃と弾二十発にショットガンと弾五発。さすがにリュックに入らなくなって体に引っかけるスタイルになりつつある……まぁいつものことだし、走ったりしないからいいけど。

まだドロップ品で充分に戦えるレベルだからいいけども、このダンジョンで出てくるコモンの武器で一撃で倒せなくなってきたら引き返そうっと。初心者用ダンジョンだし、ドロップを換金しても大したお金にはならないし。

今日の稼ぎは緊急脱出装置一回分の使用代にもならなそうだし、歩いて戻らなきゃだもんね。ちょっとした気晴らしなんだ、無理することはないよね。


【しかしハルちゃん、本当にしゃべらないしコメント見ないな】

【だってハルちゃんだし】

【だから始原しかいなかったんだもんな、この前まで】

【しかも敵がカメラに映る前に倒しちゃってドロップしか映らないから、見せ場も何もないときた】

【よく始原はこのハルちゃんの配信見続けてきたな……】

【これにはこれの良さがあるんだ】【ああ……言葉にはできない何かが】
【にわかにはわからんよ】【見るんじゃない、心で感じろ】
【草】【唐突に始原が湧いて草】【こいつら布教中からどこにでも出没するな】
【ラジオ配信って思えば楽しいぞ？】【そうそう、作業用配信だからね】
【基本効果音と攻撃音と断末魔だけだけどな！】
【ＡＳＭＲじゃねーか！】【ＡＳＭＲ草】【えぇ……】
【ダンジョンＡＳＭＲ配信……斬新すぎる……】
【しかも本人の声はないっていうね……】
【まぁ金髪ロリってことで一定数は見続けるから……】
【お巡りさん、俺たちです】【あ、俺たちノータッチなんで大丈夫です】
【何が大丈夫なんだろうか】【お願い逮捕しないでくださいってことだよ】【草】
【ハルちゃんは高レベルだろうし、下手におさわりしたら手首折れそう】
【「あ、ごめんなさい、つい折っちゃいました」とか言う猛者スタイル】
【ちょっと出かけてくる】【待て、早まるな】【草】

「あ、この先はモンスターたくさんいるところですね」

【しゃべったぁぁ！】【かわいい】【かわいい】【本物のロリだ！】

【声だけでファンになりました】【そのおててと握手したい】

【ってモンスターハウス⁉】【いやいや……いやいや】

【ハルちゃん、やっぱここ違う、初心者用ダンジョン違う】

【初心者用ダンジョンとはいったい……】

【誰か、ハルちゃんがこのコメント見たら教えてあげて……ハルちゃんハルちゃん、初心者用ダンジョンはね、モンスターハウスとかない場所なの。ちゃんと安全が確保されてるダンジョンだけ協会の公式HPで指定されてるの……】

【もしかしてハルちゃん、これだけ潜ってるのにダンジョンのこと、詳しく知らないんじゃ……】

【うん……だって拾った武器だって、鑑定とかしてないみたいだし……】

【さっきもモンハウって単語自体、使ってなかったしなぁ……】

【あ、半年くらい前の配信でハルちゃん、呪われた銃で突破したダンジョンあったの思い出した】

【草】【何そのアグレッシブロリ】【このロリ、執着しなさすぎる】


「ということで今からちょっと画面ぶれるかもです」


【え？　迂回しないの？】【ソロでモンハウって】

【ま、まあ、初心者用ダンジョンじゃないにしてもレベルは低いとこらしいから……】

暗い洞窟の先を見ながら、かちゃかちゃと手元の用意を始める。

あー、これまでみたいに手元まで隠す必要ないから首が楽ー。これまでは首は正面向いて目だけ真下見てて、こういうとき地味に疲れてたし。


【おてて】【おててぺろぺろ】【このおてては非常にいいものだ】

【このスクショだけでファンが増えるな！】

【ときどきかき上げてる金髪ぺろぺろ】

【横髪でこの長さ……やはり長髪なのか】【この金髪に……ふぅ】

【髪フェチが現れたぞ！　囲め！】【まーた変なのが出てる……】

【え、こんなときでもスリングショットなのか……】

【まぁ投擲スキルが高ければただの石でもかなりの威力だし】

【命中精度すごく高いから、コストゼロの石でいいのか……】

【でも少し前の階層で拾っただけのパチンコって、レベルとスキルが相当ないともうこの辺のモンスターは厳しいんじゃ……】


「じゃ、行きます」

【無茶しないで】

【ハルちゃんなら大丈夫だろ】【始原が落ち着いている……本当に大丈夫なのか】

【手作りの武器でボスモンスターを二発で仕留めたハルちゃんを信じろ】

【いや、それはおかしい】【そもそも武器って手作りできるものなの……？】


「………………………………」


ここまで倒したモンスター……みんな遠距離からだったけども、手応え的には倒せてるかな……

レベルなら、たとえ囲まれても平気なはず。万が一のときは少ないとはいえ、逃げるには充分な魔力で全力で跳躍して、そこから緊急脱出装置で問題ないはず。

「るるさんもいないし、大丈夫大丈夫」

まずは心を平常心に。

大丈夫、あんなことはそうそうないから。

あったとしても人生で一回とかだから。

その一回はもうこなしたから大丈夫大丈夫。

あとの人生は平穏無事に決まってるんだ。


【草】【ハルちゃん、それフラグって言わない？】

【さすがのハルちゃんでも怖いか……】【るるちゃんの近くで感染してるんじゃ……】

【えみお姉さんが大丈夫なんだから平気だろ】

【さすがにそこまでの疫病神じゃない。　はず……】

【そこは言い切ってやれよ】

【え？　無理】【だって『呪い様』だよ？】【草】【ああうん、るるちゃんはねぇ……】


目をつぶって探知のスキルを最大化。

――距離二十二メートルから四十メートルの空間、数は……三十一。右の方向に固まってるっぽいね。


【あ、ハルちゃんの腕！　まっしろな腕が前に！】

【モンハウの鉄板、最初は遠くからの狙撃。だから弓みたいに伸ばすのね】

【なるほど、筋力なくてもそうやればいいんだ……】

【でもそれなら最初から弓とか銃使えばいいんじゃ？】

【ところがな、ハルちゃんはコスパ主義なんだ】【つまりはケチ】

【普段から移動中はずっと下向いて石拾いだもんなー】

【あとは他の人に倒されて、明らかに残されたドロップとかもな】

【ハルちゃん……もしかして：貧乏家庭】

【家族のために健気なハルちゃんだって!?】

【ハルちゃんの属性が積み上がっていく……】

ひゅんっ。

「よし」

いちばん近いのに当たった。そいつの反応は消えたから、今日はまだまだ大丈夫。

【え？　当てた？】【よしって言ったからそうなんじゃ？】

【えっと……敵、これまでみたく、まだ見えてないんだけど……】

【この前の配信でカメラの型番まで指摘されてたけど、それでもこの暗さ……スキルないと見えない暗さで、最低でも十五メートル以上離れてる……？】

ひゅんひゅんっ。

モンスターが動き出す気配から、さっきまでよりはっきりと見えるようになった影へ、近い順に石を当てていく。いつも通りの感覚を最優先に、弓でいう早気《はやけ》ってやつ……クセで油断しないように、慎重にね。

【え、速くない？】

【えっと……左手突き出してるから、スリングショット、たぶん四十センチは引いてるでしょ？　それを連続で、って……】

む、一匹速いのがいるな……じゃ次は君で。

【あ、来た】【飛行系!】【前前!】


ひゅんっ。

コウモリさんらしい悲鳴でぼとっと落ちる音。


【……今の、一瞬で消えたけど……色とサイズ的にラピッドバットの上位種じゃね?】

【え、それって最低レベルが三十とかじゃ?】

【それって中級者ダンジョンの中盤で出てくるやつじゃ】

【見間違いじゃないの?】

【……いや、巻き戻してみたけどたぶん合ってる。俺、この前対抗手段なくて宝箱諦めたからよく覚えてる】

【スペリアルラピッドバットを一撃? それも拾っただけのコモンのスリングショットと石で?】

【???】【???】【なぁにそれぇ……】

【俺、そんなに弱かったのかなぁ……】【ダンジョンの　ほうそくが　みだれる】

今のコウモリさんはちょっとだけ速かったけども、コウモリさんだから特に驚くことはない。そのそ起きてくるモンスターたちをいつも通り冷静に、丁寧に。一匹一匹、かちゃかちゃって石を右手で袋から出してゴムのとこにセットして、両腕にちょっとだけの魔力を込めて左手を真っ直ぐ、右手は胸くらいまで引っ張って威力のかさ増し。

——ひゅんっ、ひゅんっ。


【あの、数秒おきに石が風切る音と、モンスターの断末魔が遠くから響くのしか聞こえないんだけど……】

【いつもながらに派手さゼロ、だけど見てるとスルメな殺戮シーンだな】

【あの、掲示板のほうで、このダンジョンのレベルとか絞られたみたいなんだけど……】

【入り口はレベル一桁から十とかだけど、二百階層まである大きいとこっぽいんだけど……】

【は?】【え?】【冗談だろ?】【二百??】

【初心者ダンジョンは深くて二十五層、中級者ダンジョンで五十から百なのは知ってるけど……】

【二百とか……え?】【上級者ダンジョン……?】【そんなバカなことある!?】

【いやね、るるちゃんとこの事務所のある町にあるのよ。初心者用ダンジョンとそっくりな名前のダンジョンが。めっちゃ注意されるから俺も知ってる】

【でも入るときに推奨レベルとか書いてあるはずだし】

【天然疑惑のハルちゃんだよ?】【ああ、ハルちゃんならやりかねん】【草】

【そんなとこ持ち込みなしのアタックしてんの？　ハルちゃん】

【すげぇ】【すごいというか無謀というか】

【しかもさ、なんか階段のトラップか何かで階層飛び飛びっぽいって指摘が……】

【もしかして：るるちゃん】【やっぱりるるちゃん……】

【冗談じゃなくリアルでるるちゃんが感染してる？】

【るるちゃん怖っ……】【正確には『呪い様』がな……】

【なんかハルちゃんの配信見るのでさえ怖くなってきた】

【るるちゃんが追ってきそうでなぁ】【るるちゃんならいい、けど『呪い様』は怖すぎる】


僕は最後の石を投げて、ちょっと耳をそばだてる。

――よし。


「いつも通り」


【ハルちゃん、この落ち着きようよ】【けどお願い、コメント見て……】

【ダメだ、スマホ取り出す気配すらない】【だめだこの幼女】【草】

【ハルちゃんここ違う、初心者用ダンジョン違うのよ】

【はじめてのおつかい的なアタックするところじゃない……】

【ハルちゃんのこのぽんこつっぷり……まさかるるちゃんの……】

【いや、ハルちゃんのこの調子はいつも通りだぞ?】【おう、いつもマイペースだもんな】

【狩りの途中の待ち時間、タブレットで読書してるって言い放った猛者だもんな】

【草】【始原が言うんだ、間違いないな!】

【けどさ、さっきからカメラに映るモンスターの数、増えてきてない?】

【さっきまでほとんど映らなかったのに】【しかもやっぱ、レベル三十~四十よね……】

【普通ならまずソロでなんか行かないゾーンになってきてる……】

【配信者の中には、控えめに言ってもおかしい人とかいっぱいいるけど……】

【まぁソロの時点でおかしいから……】

【いい意味で?】【これがいい意味に聞こえるか?】【草】

【実際は褒めるしかないよなぁ】【良くも悪くもプロの領域だし】

【ヘッドショットロリだもんな!】


うんうん、やっぱりダンジョンはこうでなくっちゃ。

ちょっと前から隠蔽を戻して歩く音や衣擦れ、装備の音も消音済み。気配も消して、さらに壁沿いを岩陰とかを利用して少しずつ前に進む、いつものスタイルに戻してしばらく。

そうだよねぇ、やっぱりゲームはレベル相応じゃないと。

才能があったかどうかは知らないけども、僕は隠れての狙撃が好き。痛いのはイヤだし、走るのも全力出すのもやだって理由で選んだ後衛職——スナイパー。いろんなスキルも取ってるから、ただの狙撃屋って言うよりは狩人とかレンジャーとかサバイバーとか、一人で立ち回るオールラウンダー系統。
良く言えば万能、悪く言えば器用貧乏。でも僕はこういうのが肌に合ってるんだ。ゲームって言ったけども、普段のゲームとかでもバランス型が好きだし。いろんなことを初級くらいにはできるってのは、なんでもできる気がしていいよね。

【けどすごいな……】【ああ……掲示板で指摘されてるけど、ハルちゃん本当何者よ】
【トップランカー、これで国内五百はまだしも千に入ってないって……】
【いやまあ「ハルちゃん」って始原が付けた愛称だし、入ってるかもしれないけどな】
【もともと配信の自己紹介文に「ハル」ってあるだけだし】
【あー、トラブル回避のために名前出さない人とか多いしな】
【配信社会だもんな、事務所所属でも変な奴に絡まれるとめんどい世の中】
【世知がらいのじゃあ】【けどそのハルちゃん自身も変な子じゃ?】
【それは始原でも否定できない】【始原悲しい】【始原しょんぼり】【草】

こそこそと壁を背にしてカニ歩き、大きめの岩か窪み――今の僕は背も低いから、大人の腰の高さがあれば充分――に体を隠し、ちょっとだけ顔を出して周囲の探索。僕だけじゃなくて、パーティー組んでても斥候役がする定番の動き。

こういうのしてると映画に出てくるアサシンみたいでなんかいいよね。

【一切ムダのない動き】【「参考になる」って言ってる人多いよね、この動き】

【俺はハルちゃんの動きに惚れて始原になったぞ】【なるほど】【わかる】

【他の配信者みたいに話したり顔を出したりしない分、なんか俺まで一緒に潜ってる感じがする……俺、ダンジョン入ったことないのに】

【俺も俺も】【没入感半端ないよな】【こういうVRゲーやりたい】

【なんか同接……やばくない？】【海外勢に捕捉されたらしい】【マジかよ】

【なんでも英語圏で超有名人が「スカウトはこの配信参考にするといいよ」って】

【俺たちのハルちゃんがメジャーデビュー……】

【わずか数日で駆け抜けすぎだろ】

あ、そういえばさっきから全然しゃべってない……いや、いつもだけどさ。けど、せっかく声もお披露目したんだからちょっとはしゃべらないとね。配信見てるのだって九割は僕と同じ——まだ心はね、まだ——同性の男たちなんだ、ロリの声くらいは聞かせてあげよう。

同じ男としての優しさだ。

「……えーっと。少し前から敵が強くなってきたのでいつものスタイルで戦ってます」

配信とかって、こうやって言うんだっけ？　僕、めったに見ないから、参考にしてるのがこの前ちょっと見たるるさんのとかだから自信ないけど、今してることとか考えてること言うといいんだってね。


【急にしゃべった‼】【かわいい】【かわいい】【保存した】

【もう五分くらいしゃべってくれたらAIハルちゃんボイス作れるからもっとしゃべって】

【なにそれ怖……】【やっぱり人増えるとやばいヤツも増えるな……】

「前方に……えっと、左に四体、右に八体いますね。近くて動きが素早いのから撃っていきます」

【やっぱこの暗さでわかるんだ……】

【スカウトのレベル、いくつくらいなんだろうな】

【ハルちゃんくらい敵が見えると事故なさそう】

【るるちゃんさえいなければな！】【草】【オチですべてが台無しだよ！】


ひゅんひゅんっ。


【とっくに中層レベルなのに普通品質のスリングショットとただの石で淡々と攻略してる……】

【なぁにこれぇ……】【攻略ペースおかしいって】

【まぁそもそも、どう考えても階段罠で飛ばし飛ばしだし】

【普段まともな武器で戦う相手を普段通りに処理してるんだぞ?】

【やっぱハルちゃんって何かがおかしいわ……】【草】


「――けど飛行系とゴースト系はほんと、速いです、ねっ」

僕の攻撃に気がついた素早い系統のモンスターたちが、攻撃音から真っ直ぐ突撃してくる。別に岩に隠れたら一回やり過ごせるし、そこから振り返って攻撃すればもっと楽なんだけども……いちいち体動かすのめんどくさいし、体力ない体だから継戦能力考えると極力動かないのがベスト。

「代わりに真っ直ぐ頭向けて突撃してきてくれますから、逆に倒すのは楽ですすけど」


【……えーっと、上位のラピッドバットにフレイムホークだろ? なんで一匹ずつ狙って間に合ってるのハルちゃん……?】

【おかしいよな、そんなに体動かしてないのに】

【海外勢の解説いわく「あれは石を複数個セットして散弾にしているようだね。しかもばらつく方向も計算済みのようだ」とのこと】

【やっぱおかしいわハルちゃん】

【それは褒めてるのか? それとも敵になるという意味か?】

【落ち着け始原の、気持ちはわかるけど】

【褒める意味でも呆れる意味でもだよ……何あれ、俺、もう斥候職の自信なくしたんだけど……】

【草】【ハルちゃん……罪な子……】【ああ、本職だからわかるのか……】

【ハルちゃんってば罪な女の子……】【ハルきゅんは罪な男の子なの‼】

【ハルちゃん絶対トップ百の誰かだって。二十人くらいは非表示だからそのうちの誰かだって】


僕のスタイル的に、毎回の戦闘時間は短い。短いから楽で、楽だからこそこの体でもやっていける。魔力っていう肉体強化もばりばり使ってるしさ。

疲れたら？　一メートル以上高いとこにある壁の窪み見つけて入って警戒しつつ読書して休むけど？　いつも通りにね。

「全部倒したのでドロップ回収します。……けど荷物がいっぱいなのでそろそろ撤退しなきゃ」

【いつも通りの瞬殺】【俺たちにわかにとってはいつも通りなんかじゃない】

【これスナイプ違う、何か違う】【ヘッドショットロリ……】

【でもそうだよな、一人で潜ると荷物の量的に、ドロップ諦めるの多くってもったいないよなぁ】

【だから普通はソロなんかやらないし、そもそもガチで命の危険があるから「ダンジョンで何があっても訴えない」っていう誓約書を書かされるもんな】

【普通は交替で警戒するし、四方を分担して警戒するの……】

【こんな暗い洞窟で誰とも話さないで何時間も、常に命の危険を感じるとか俺には無理だ……】

【安心しろ、ごく一部のおかしいのを除いてそれが普通だ】

【ハルちゃんがおかしいって言うのか!!】

【違うのか?】【合ってるけどさ】【ちょっと怒ってみただけ】【草】【始原が濃すぎる】


「あ、銀の宝箱」


【おめ】【すげぇ、めったにないんだろ? 銀のって】

【そもそも五十を超える階層じゃないと出現しないし】

【え、つまりハルちゃん、やっぱり一階ずつ飛ばされてる……?】

【配信見た限りだと、罠がなければ二十五層なのにな……】

【やっぱりるるちゃんの影響か】【『呪い様』怖っ】

【一階ごとにスキップさせられるとかどんな嫌がらせだよ……】

【るるちゃん自身の配信でもここまでのはないんじゃ?】

【もしかして:ドラゴンの件で『呪い様』、本当に移った】【草】

【かわいそう……】【かわいそう】【ガチでかわいそすぎる】


あ……またすーぐに話すの忘れちゃう。普段からしてないからしょうがないけど。

「宝箱は……なんかこう、じっと見てたら僕のレベル以下の罠なら見えます。見えなかったらあとは……気合？」
　だからって適当に説明してみたけども、なんかうまくいかなかった。
　慣れてないことはするもんじゃないね。ちょっと恥ずかしいし。

【待ってハルちゃん待って、そんな力技で宝箱を⁉】【草】
【えぇ……】【悲報、ハルちゃん脳筋だった】【て、天然だから……】
【ハルちゃん……気合とレベルでなんとかなるなら、罠解除スキルとか必要ないのよ……】

「罠はないみたいなので開けます。……何これ」
　銀の宝箱。一ヶ月に一、二個あるかどうかのいいもの。僕の体くらいあるそれを慎重に開けて、
中から変な袋を取り出す。

「何？　このきちゃないの。ゴミ？」

【草】【本当だよ、なんだよそれ！】
【ハルちゃん！　ばっちいものを拾っちゃいけません！】【めっ！】【草】
【子供はなんでも拾っちゃうから……】
【通報した】【待って】【ハルちゃん相手はやばい】

【ここだけ見ると本当に子供みたいなんだよなぁ……見た目だけ子供で、やってることはどう考えてもおかしいけど……】

ぐにぐにと確かめてみるも、ただの袋ってことしかわからない。きちゃない袋だってことしか。

「……袋？　罠とかハズレじゃないだろうし……」

一瞬、使い古したぱんつに見えたよ……最近捨てちゃったのとか思い出してさ。


【『……それはもしかしたらだけど、上位の収納袋なんじゃないかな？』】

【さっきから外国勢が多いな】

【あ、ちょっと待って！　なんか今すごい単語出てきた！】【翻訳頼む】

【収納袋の上位……えっと、ドロップ品を普通の収納袋とは桁違いに収納できる超レアアイテム。確認されてる最大のものは……数トンは余裕……？】

【は？】【トン!?】【キロじゃなくてトンかよ!?】【なにそれ、そんなのあんの？】

【ほら、荷物が軽くなるリュックとかドロップするだろ？　あれの最上位クラスのやつだって、ネットによると】

【あんなぼろい袋が？】【ハルちゃんの両手なおててに収まるくらいだぞ？】【草】


「あ、なんか結構入りますすね」

よくわからない袋ときたら、とりあえず要らないものを入れてみる。でも取り出してみても特に変わらないみたいだし、ドロップ品を物理法則無視して多めに入れられるあのリュック系統なのかな？　あれってダンジョン内でのドロップとしては破格の換金率。まぁそりゃあそうだよね、今の科学力じゃなんでなのかすらわからないらしいし、実用性はもりもりあるし。

それで手当たり次第にドロップ品とか重いけど売れそうな装備とかを入れていったけども……全然かさばらないし、すごく軽い。

「なんかいいもの拾ったみたいですし、まだ潜りはじめて三時間ですから……いつも通りこの辺でお昼食べて、もっと潜ってみます。もうちょっとだけ」

【知らないってすごいね……】

【とんでもないお宝が「なんかいいもの」だし】【草】

【だからハルちゃんコメント……うん、見ないよね……】

【まぁ用途は間違ってないからいいや】

【このロリはいったいどこまで潜るのか】

【そもそも限定公開のつもりなのに海外勢まで流れ込んできてるの、まずいんじゃね？】

【それは大丈夫。ちょっと前から過激なコメントの削除とかBANとかされはじめたから、たぶんるるちゃんとこが捕捉して手伝ってる】

【ハルちゃん、るるちゃんやえみちゃんと知り合っててよかったね……そもそもこうなったのはる

るちゃんのせいだけど……】

【草】【結局るるちゃんに回帰するの、ほんと草】

【全てはるるちゃんに始まりるるちゃんで終わるのだ……】

【るる様……】【永劫回帰……】【るる回帰……】

【けどさ、みんなが心配する場所へ一人で出かけて、なんかがんばって戦って、お腹空いたらご飯食べて、冒険終わったら帰ってくるのを保護者と見守る……やっぱこれスケールでかすぎるはじめてのおつかいだよ!!】

【草】【はじめてのおつかいは草】【ダンジョンでそれはいろいろおかしくて草】

【三百万近い大きなお友達に見られるはじめてのおつかいとか前代未聞で草】

【せめてハルちゃんがここに気がついて、配信設定戻せばなぁ……】

【というか事務所が手伝ってるんなら戻せるんじゃないの?】

【しないってことはなんか理由あるんだろ。ハルちゃん自身がするなら別だけど】

【無理だろ。気がつくはずがない。俺たちのハルちゃんだぞ?】

【ああ、待機時間でも読書してて、終わるときにちょっと見るだけのな……】

【始原からも見放されてて草】

『【緊急】超ド級新人のハルちゃん、まさかのゲリラ配信【はじめてのぼうけん】』


【まったくハルちゃんは型破りな新人だぜ！】

【まったくだよ！】【まったくすぎるよ！】【草】

【というか平日昼間から、しかも一切告知なしとかおかしい……】

【まぁ配信事故っぽいからなぁ】

【さっき知ったけど、配信切り忘れに近いんだっけ？】

【始原たちへのサービス配信→うっかり全体公開だぞ】

【草】【えぇ……そんなことってある？】【うっかりにも程があって草】

【何そのミラクル……そんなのありえないでしょ……】

【お前るるちゃん見てそれ言えるか？】【何も言えねぇ】【ごめんなさい】

【ああ、るるちゃん関係ならもうなんでもありだもんな】

【草】【るるちゃんがいいとこ持ってっちゃう】

【俺たちはハルちゃんのいつも通りにほっとしていたんだ……】

【途中から声出ししてくれて嬉しかったけど、何か予感はしていたんだ……】

【始原のお兄さんたち！】【始原の大きなお友達！】

【オフ会で互いに知ってるけど、普通に中学生から老人までバラエティ豊富だぞ？　俺たち始原は】

【草】【キャラ濃いのは初見お姉さんだけで勘弁だよ！】

【そう言うなら情報開示請求しよっか？　職場に電話うるさいんだけど？　まぁ今は私がトップだから平気なんだけどね】

【ごめんなさい】【許して】【ん？　今】【なんでもって】

【言ったわね。とりあえずあんたたちのショタだった時代の写真をDMで送りなさい。なるべく薄着の。あ、私でも逮捕は怖いからお風呂のとかはダメだけど条例に触れない範囲の薄着で、できたらいい汗かいてるのとか体操着とかいいわね。送った人は訴えないであげる】

【草】【怒濤の長文】【お姉さん本気で草】

【というかさ、非公開限定の配信を切らずに公開設定にできるの？】

【できないだろ】【いや、それができるらしい】【マジかよ】

【でも何回かタップしないといけないから、普通は間違ってはならないらしい。誤爆防止……のはずなんだとさ】

【えぇ……】【そりゃそうだよな、じゃなきゃ世の中、配信事故まみれだもん】

【じゃあなんでなったのよ？】

【わかるだろ？】【るるちゃん？】

【まーたホーミングか】【ことごとく元凶で草】【るるちゃん……】

【だってあの配信からしてるるちゃんのせいだし……】

【完全に巻き込まれてるハルちゃんかわいそう……】

【本人はのんびり殺戮してるけどな！】【草】

【一切気にしてないどころか気づいてないもんな！】

【トレンドに「ヘッドショットロリ」が入ってて何かと思ったぞ】

【この界隈ならだいたい通じるようになったハルちゃんの代名詞だもんな！】


【あ、モンハウ】【ハルちゃん逃げてー】

【なんか冷静にくるくる回ってる……】

【えぇ……なんで一分もしないでモンハウ全滅させられるの……？】

【初心者用ダンジョンなんだろ？　ここ】【なぁにこれぇ……】

【これが初心者用ダンジョンだと思うか？】【思わない……】【草】

【そういえばモンハウって、「初心者用」ってなってるとこじゃ出現しないはずなんじゃ……？】

【安全ってわかってるからこそ初心者用なんだもんな】

【どうやらハルちゃん、ダンジョン間違えたらしい】

【【悲報】ハルちゃん、おっちょこちょい】【ソロでよくそれで今まで……】

【まぁレンジャーなら基本隠れてダメージ受けないし、冷静だから大丈夫だったんじゃ……？】

【冷静でダンジョン間違えるか？】【草】

【あー、これだろ〈ＵＲＬ〉……協会の公式ＨＰでも「ダンジョン名と外観、最初の二十層くらいに出てくるモンスターのレベルとか種類が似すぎているから注意」って】

【割とトラップだよな、初心者用ダンジョンと中級ダンジョンがすぐそばで名前まで一緒って】

【なんでこんなのがあるんだっけ？】

【ダンジョンの性質上、こういう名前にしなきゃいけないんだとよ】

【だからそういうダンジョンはゲート前にこれでもかって注意書きあるんだけどなぁ……】

【普通は入り口にある売店とか警備員さんに確認するんだよなぁ……】

【始原によると、今日ははじめてのおつかい的に素潜りみたいだしなぁ】

【舐めプなハルちゃん……】【ハルちゃんだめでしょ！　適当にダンジョン選んじゃ！】

【せめて誰かにひとこと確認すれば済んだのに……】

【あんだけのレベルあるんじゃ舐めプもするわな】

【けど声かわいい。ほんとかわいい】【やっぱりロリっ子】

【だからショタだって言ってるでしょ‼　情報開示請求するわよ‼】

【一瞬で書き込んできて草】【なんでもしますから許して……】

【お姉さんが強すぎて草】


【え？】【は？】【嘘だろ、見えない敵を一撃？】

【……何体も連続でやってる……何これ……】【えぇ……】

【あの、俺レンジャーのスキル二十で、一応プロしてるんだけど……俺でも無理なんだけど……】

【レンジャーで二十とかモノホンのプロじゃねーか！】

【ガッチガチの上位陣で草】【続々と集まってくるな……】

【レンジャー職のグループでハルちゃんの立ち回り研究してたんだよ……そしたらこの子、どう考えても普通じゃないってことしかわからなかったんだよ……】

【草】【ダンジョン潜りで生計立ててるプロがマジ凹み草】

【スペリアルバット!?】【あ、やっぱ瞬殺だ】

【スペリアルバットに突撃されたら普通はやばいよな……?】

【俺、もう田舎に帰る……】【待て、早まるな】

【たぶんハルちゃんだけがバグってるから……】

【るるちゃんのせい？　それともハルちゃんの素質?】

【決まってるだろ】【両方な!】【草】


【悲報・中級ダンジョン、中級とはいっても未踏破の二百階層疑惑】

【マジ?】【公式HPだと「百層以上、トラップ多し」って書いてあるな……】

【マジだ、未踏破だからボスモンスター残ってるじゃん!】

【誰かハルちゃんに教えたげて、ここ初心者用ダンジョン違うって】

【そんなダンジョン、なんで素潜りでここまで無傷なの……?】

【とことこあるいててかわいい】【ハルちゃんかわいいねー】

【正気に戻れ、これは現実だ】【草】

【しかも階段罠で飛ばし飛ばし疑惑とか配信コメントで出始めてる】

【えぇ……】【もしかして：るるちゃん】【るるちゃん……】

【いくらハルちゃんが好きだからって生き霊飛ばさないで……？】

【本当に飛ばしてそう】【なんなら積極的に飛ばしてそう】

【大丈夫？　るるちゃんだよ？】

【あの子、昨日の雑談配信でハルちゃんのこと話すときだけなんか目が据わってた気が……】

【もしかして：るるちゃんのお気に入り】

【もしかして：るるちゃんの『呪い様』がハルちゃん好きになっちゃった】

【怖……るるちゃんのファン辞めます】【ハルちゃんのファンになったげて？】

【ここまでやべー『呪い様』だったら、るるちゃんのファン辞めても何か飛ばしてきそう……】

【あの、俺、ハルちゃんが心配でお参りに行ったらさ……お金、いくら投げても賽銭箱から弾かれたんだけど……】

【草】【なにそれこわい】【ひぇっ】【もはや怨霊じゃねーか‼】【そうじゃないとでも？】

【なにそれ……視聴者にまでホーミングしてくるとか……】

【安心しろ、たぶんここもターゲットだ】

【呪わないでください、なんでもします】

【じゃああなたたちの小さい頃の写真も私に送りなさい】

【唐突なお姉さんで草】【お姉さんが無敵で草】


【モンスターのレベル、もう四十とからしいぞ】【やべぇな】

【四十って……上位パーティーでも一匹を囲んでようやくだろ?】

【一人で戦えるのは基本的に自分のレベル×二。つまり中級者になったくらいでレベル二十が目安だからな? それ超えたら間違っても一人で相対しちゃいけないからな?】

【よい子のみんなはよく覚えておいてね?】

【ハルちゃんは?】【ハルちゃんは……いや、ほら……なんていうか……】

【あの子はなんかもう別の存在ってことで……】【ちょっとおかしい子だから……】【草】

【さすがにここどかの掲示板には来ないけど、SNSの偽ハルちゃんたちのところとかこの配信関係のポストに群がってる】

【んもー、だからハルちゃんの公式アカウント必要だってのにー】

【けどこれでハルちゃん、国内トップ二十人のうちの誰かって絞られたっぽいな。実力的に】

【けど非公開だろ?】【だから今まで顔も声も出さなかったのか……】

【全てが繋がってしまった】【繋がっちゃった?】

【ああ……壮大な伏線回収だな……】【繋がってしまったのか……】

【壮大(あれから一週間経ってない】【マジかよ……マジだった】

【つまりハルちゃんってば、貧乏家庭出身の金髪ロリ】【またはショタ】

【で、レンジャーレベルはプロの平均の二十から……たぶん上位層ってことだと最高で四十とかいくレベルのどこかで】

【誰だ今の】

【幼くして強くなりすぎて世捨て人的なのになっちゃった子で、あろうことかるるちゃんに見初められた……属性しかねぇ！】

【草】【今年にデビュー予定の子たち、ほんとかわいそう……】

【大丈夫？ハルちゃんとるるちゃんだよ？】

【大丈夫なもんか】【今年デビューはもうあきらめよ？】

【たぶん、なにしても全部ハルちゃんに吸われるよ？】【辛辣で草】


「えっと、今日買ってきたのはコンビニのおにぎり……あ、これ初めて見たやつです。ちょっと高いけどおいしそう」


【え、ハルちゃんのお昼、おにぎりだけ？】

【お、おにぎりいっこ……ハルちゃん……】

【ちっちゃなおててで開ける実況助かる】【ぺろぺろ】

【高レベルだからお金には困らないはずなのに、なぜか貧困幼女設定が積み重なっていく……】

【だっておにぎり一個だよ？　肉体労働のダンジョン潜りが】

【いくら後衛職とはいっても、三時間ほぼ歩きづめだしなぁ……】

【幼稚園のお弁当だって、もうちょっとあるぞ……？】

【それだけハルちゃんがちっちゃいってこと？】【つまりは幼女】【ショタです‼】

【ハルちゃんに釣られてバズって個人情報漏れた初見お姉さんちーっす】

【第二次性徴が始まるまでの男の子は実質女の子。第二次性徴初期は男の子も女の子になるから口リでも許すわ】

【わかる】【わかるのか？】

【このショタコン……できる……！】【理解度高くて草】

【趣味垢からリアル垢が漏れてもむしろ積極的なお姉さん……つよい】


体が小さいと、いいこともある。そのひとつが食費の安さ、または燃費のよさ。なんと、朝昼晩、おにぎりなら一個、食パンなら一枚で、菓子パンやご飯なら二食分になるとかいうレベル。

「もむもむもむもむ」


【●REC】【咀嚼音ASMR助かる】

【ちっちゃなおててでコンビニおにぎりをぱりぱり開けて食べる音……いい】

【でももっと食べて大きくなって】

【いや、ハルちゃんに大きくなられたら困る】

【でも金髪美女になるぞ？】【ありだな】

【そんなぁ！】【草】【欲望に忠実すぎる】


食べる楽しみが少なくなったけども、ムダに食べて太ったり胃もたれしたりしなくなったことを考えると、悪くないなって思う。人ってなんだかんだ慣れるものだよね。たとえば生えてないからトイレが大変とかも、慣れればどうってことはないもんね。


【深谷るる「ハルちゃーん⁉　見てたらお返事してー！」】

【るるちゃん来た！】【結構かかったなぁ】

【お友達登場】【お友達（呪い持ち）】【お友達……？】

【深谷るる「みんなひどい⁉」】

【ごめんね】【冗談冗談】【でもやっぱるるちゃんのせいっぽいよ？】

【三日月えみ「視聴者のみなさま、三日月えみです。この度はハルのことでご心配とご迷惑をおかけしております」】

【えみお姉さんも来たぞ！】【保護者の登場だ！】

【ハルちゃんのことハル呼びか】【身内になったのか】

【えみちゃん……いつものるるちゃんのお世話に加えてハルちゃんのお世話も……】

【おいたわしや……】

【ま、まあハルちゃんは放浪癖以外はまともなはずだから……】

【本当か？】【この配信見ていて本当にそう言えるのか？】

【自信なくなってきた】【もうだめだ……】【草】【ハルちゃんのキャラが強すぎる】


けど本当、女の子ってとにかく距離感が近いから疲れるよね。るるさんはるるさんって感じでヒマさえあればひっついてきて、何かとお世話焼きたいモード入るし。あの子、本当に僕が年上の男って理解してるのかな……してなそう、だって連れションとか誘ってくるし……なんで……？

その点については、えみさんはまとも。普通に距離取ってくれるし、普通に社会人の異性相手って感じの対応してくれるし……まぁおかしくなるときはなるけども、それだって僕に叩かれて「あふんっ」とか言うくらいだし。

あれ？

もしかしてえみさんのほうが常識人……？　ヘンタイさんだけど場をわきまえてるっぽいし。

……いやいや落ち着こう、本当の常識人っていうのは九島さんみたいな人なんだ。

九島さんは普通の大人……ＪＫさん、つまりはるるさんとえみさんとほぼ同い年らしいけど……として事務的に接してくれるし、るるさんみたいにくっついてこないし、えみさんみたいに不意に飛びかかってこないし。あの子相手なら気が楽なんだけどなー。

まぁ、るるさんもご近所の子って思えば悪くはない。面倒見てあげてる感じ……あ、ヘンタイさんは離れてね。

「ふぅ……おなかいっぱい」


【草】【のんきにもほどがあるハルちゃん】

【それでこそハルちゃんだ】【野良猫みたいな気ままさ】【野良猫ハルちゃん？】

【三日月えみ「確かにハルにはそういうところがありますね。ええ、私たちにひとことも告げずに事務所が用意した安全な場所から脱走して、警備を振り切って……こうしてダンジョンにいきなり潜り出すところとか……ええ……」

【えぇ……】【脱走したのハルちゃん⁉】

【速報・ハルちゃん脱走】【悲報・ハルちゃんもやっぱり癖強すぎるキャラだった】

【放浪系ロリ……？】【野良猫……つまりかわいがりすぎて嫌われたりして】

【深谷るる「あ、ちょ、えみちゃん⁉　ごめんなさいみなさん、えみちゃんすごく落ち込んじゃったので、ハルちゃんがえみちゃん嫌うとか言わないでください！　ハルちゃんはえみちゃんのこと大好きです‼　えみちゃんのこと嫌ってませんから‼」】

【泣かないで】【えみちゃん……】

【でもさりげなくるるちゃんがトドメ刺してない？】【草】【二回刺してて草】

【えみお母さんの母性はハルちゃんにとってまぶしかったのか……】

【お風呂に入れられて逃げ出す野良猫的な？】【お風呂だって⁉】

【百合お風呂、実況希望】【通報しました】

【声だけでいいんだ、通報はやめてくれ】

窪みに預けていた荷物を体に付け直し、カメラの向きもちゃんと手で確認。

「よし」

【ハルちゃんよくない、全然よくない】

【お願い、スマホ一瞬でもいいから見て……？】

「じゃあ後半戦行きます。この袋のおかげで、この先のドロップも入れられるだけ入れたら……リストバンドのこれで脱出しても黒字になりそうですから、危なくない範囲で行けるところまで」

【ああ、悲しきはすれ違い】

【ハルちゃん、スマホはね、人と連絡を取るためのものなんだよ？】

【まぁ攻略中……特に後衛職でこそこそ移動してるときに見つかったらまずいし、電源切るかマナーモードにするのは基本だけどなぁ】

【それでもせめて安全な場所での休憩中くらい確認しよ？】

【SNSでも見てくれたら……あ、アカウントないんだったね……】

【でもさ、この子、どうして人と連絡を取るためのスマホで通知見ないんだろうね。普通友達とか

と話したり、チャットしたりしない？　こういうとき。みんなもそうでしょ？】
【普通とか言わないで】【みんなとか言うな……言うな……】
【おいやめろ、それは俺たちに刺さる】【その口調は学生か？　やめてくれ、頼む】
【みなさんの連絡先……何件ですか？　あ、仕事関係とお友達未満な知人以外で】
【うわぁぁぁぁ!!】
【「　　」】【「　　」】【「　　」】
【し、死んでる……】【なんとむごいことを】
【大丈夫、ただの致命傷だから】
【まるでハルちゃんに群がったモンスターたちの末路……】
【俺たちはモンスターだったのか……】
【でもハルちゃんに撃ってもらえるなら、それはそれで……】【草】
【ちょっと上級者すぎない??】

なんか、この体になってからダンジョンの中で妙に体調がいいんだよね。おかげで水分と食糧補給も休憩も少なくていいし、集中しやすいからこうして長時間が捗る捗る。お水もちっちゃいペットボトル一本で六時間くらい余裕だし。ちょっと疲れたら窪みで寝転がって読書とか最高。さすがにお昼寝まではできないけどね。あとお酒も飲めない。
「早く帰ってお酒飲みたいなー」

【⁉】【ちょ、ハルちゃん⁉】【ハルちゃん何言っちゃってるの⁉】

【草】【まさかの酒飲み幼女】

【もし本当にロリだったらこの発言だけで炎上するんじゃ……】

【三日月えみ「誤解を与える発言で申し訳ありません。彼女は父親の口癖を真似る癖があるようなんです」】

【ハルちゃんお父さんっ子！】

【お父さんの真似っこならしょうがない】【うんうん、しょうがないしょうがない】


あ、やば。そういえば今の僕、子供って知られちゃってるんだっけ。

……炎上とかって怖いって言うよね。しかもるるさんのせいでメインのアカウントのほうはやたらと人多いみたいだし、この発言がどこから漏れるかわからないし……よし。

「あ、そういえば僕、成人しているので大丈夫です」

これでＯＫ。内輪の人たちだから「そういうこと」って流してくれるでしょ。


【は？】【え？】【嘘お⁉】【身長百二十センチの成人女性……だと……⁉】

【深谷るる「ハルちゃーん⁉」】【草】

【せっかくえみママがフォローしてくれたのに台無しにして草】

【えぇ……】【るるちゃんすらびっくり】【悲報・ハルちゃん天然属性が強すぎる】

【ハルちゃんの言うこと信じるなら、ハルちゃんは見た目小学生な合法ロリ。もしえみお母さんの言うこと信じるなら、これもお父さんの真似っこ。つまり？】

【……ハルちゃんは不思議なこと言うねー？】

【そうだよね、お母さんの言うことが正しいもんねー？　マネしちゃっただけだよねー？】

【……そうだな！　大人ぶりたいお年頃だもんな！】

【そうだよな！　……ちょっと知り合いの記者に根回ししてくる】

【あ、俺も。インフルエンサー仲間に……】【ちょっと社長に……】

【えみママえみママ、アシさんに言ってこの配信一瞬だけ止めて、今のシーンのカットはよ】

【新しい配信にしてもこのバズりで人来るだろうしな、問題なさそうだし止めるのが正解か？】

【やっぱりるるちゃんのせいで炎上しちゃった……】【あーあ、るるちゃんのせいで】

深谷るる「今回ばかりは私のせいじゃないよ⁉」

【草】【ごめんね】【さすがにとばっちりで草】

【るるちゃんごめんね？】

深谷るる「許します！」

【やさしい】【るるちゃんはいい子。ハルちゃんは天然な子】

【でも元凶はたぶんるるちゃんなんだよ……？】【そういえばそうだった……】

深谷るる「理不尽すぎない⁉」

【るるちゃんが巻き込まれてて草】
【打てば響くこの感じ……ああ、るるちゃんだ……】【そういうるるちゃんが好きよ】
いいよね、もともといつかはバラす予定だったし。僕が大人ってさ。
さすがに男だったたってのは言わないほうがいいのはわかってるけども、子供だってことになると
いろいろ問題あるもんね。たとえば配信。何年も平日の昼間っからしてるし、「学校どうしたの？」っ
てことになるし。
あと未成年のダンジョン潜りって確か年間の規制とかあったはずだし……それこそ危ない目に
遭ったらカウンセリングとかで数ヶ月強制的に休みとかあったはず。そんなのめんどいもんねぇ
……やっぱ大人って楽だね。特に大人の男ってのは何してても見とがめられないから楽でよかった
んだ。

「……………………」

僕は、ぞくぞくする背筋を意識して問いかける。

「……なんか、えーと。……もしかして配信にるるさん来てます？　僕になんか飛ばしてます？

なんか……呪いとか？」

なんか怖いもん。こう、何かがそばにいる感じがするしさ。


【深谷るる「違うってばー!?　っていうか見てー!!　スマホ、安全エリアで休憩中でもマナーモードにしないでー!!」】

【草】【まあ、そうなるな】【誰だってこんなの経験したらそう思う】

【なにこれ……なんで三回連続初手モンハウなの……】

【確率おかしくない?】【ダンジョンさーん、バグってますよー】

【三日月えみ「これまでるるの配信やコラボでも些細なトラブル程度しか起きませんでしたが……るる、ログアウトしなさい。それから適当に何か食べてなさい。なるべくハルのことを考えないように歌でも歌って」】

【草】【とうとうえみお姉さんからストップかかって草】

【るるちゃんの呪い……改めて怖っ……】【だってホーミングるるちゃんだし……】

【確かにやばいよな、この確率】

【これまでネタにできる程度の不幸だったのに、どうしてハルちゃんだけ……】

【考えてみれば、こっそり楽しんでたハルちゃんが大勢にバレたのも、るるちゃんの……】

【えぇ……】【怖すぎて草】【こわいよー】


ひゅんひゅんっ。

お昼ごはん食べて元気になった僕は、元気に階段から下へ。

──そこからまさかのモンスターに囲まれた状態×三。

ねぇ、あの子本当やばくない？　お祓いとか行ったら？　あと僕に押し付けないで？

「ふぅ」

さすがの僕だって、びっくりするのが三回連続なら焦りもする。

だから普段はならないけど……。

「もう、汗かいちゃったじゃん……」


【ぺろぺろ】【ハルちゃんの汗……】【幼女の汗……いい】

【ショタの汗です!!】【初見お姉さん元気だな】【初見お姉さん草】

【でもハルちゃんおかしい……どうして遠距離職がソロでモンハウ放り込まれて一回も近寄らせないで撃退できたの……？】

【階段下りた瞬間、五メートル以内に数体いたよな……？】

【カメラ的にくるくる周りながら冷静に撃ち抜いていくハルちゃん……】

【ほとんど移動せずに一分でフロアのほぼ全部のモンスターを制圧してる……何これ……？】

【なぁにこれぇ……】【ヘッドショットロリやべぇな】

【この技量だけは大人だっていえるな。背の高さも声もロリだけど】

【『彼女は正式に事務所に所属しているのでしょうか？』】

【『彼女へのコンタクトはいずれの方法を選べますか？』】
『彼女についての詳細情報は存在しますか？』】
【怒濤の海外勢】【読めなくても言いたいことが伝わるのすげぇ】
【誰か教えてやって、えみママんとこ連絡してって】
【せめてハルちゃんが、一瞬でも見てくれたらなぁ……】
【無理だろ。始めた頃から最初と最後しかコメント見ないって始原が言ってたぞ？】
【始原が言うなら仕方ない】【なんか始原って名前に見えてきた……】
【いいのか？　始原っていう十人がいるんだぞ？】
【始原十人兄弟……なんか嫌だなそれ】【草】

汗をふきふき……普段はこんなに焦ることないのにね。だって階段下りたら囲まれてる……のはあるけども、その次の階層でもその次の次の次の階層でもってありえなくない？　隠蔽スキルでなんとなく察知してはいたけどさ……。

この調子だとこのあと全部？　え？　嘘でしょ？

「……帰ったらるるさんに、何か飛ばしたりしないでって言わないと」

【深谷るる「えっ⁉」】

【三日月えみ「ほら、見たり書き込んだりしてないでさっさとログアウトしなさい」】

【草】【とうとうハルちゃんから避けられてて草】
【「帰ったら」って……もしかしてハルちゃんってば、るるちゃんと一緒に……?】
【!?】【えみちゃん詳細!】【保護されるって、まさかえみちゃんちに……?】

◇～◇～◇～

「……僕、帰り道でお祓い受けてこようかなぁ……」

【それがいいと思うよ】【でも無理だと思うよ】
【だってホーミングるるちゃんだし……】
【深谷るる「ごめんね……本当にごめんね……」】
【るるちゃんが謝ってる】【草】【泣かないで】【結局不憫なるるちゃんがかわいい】
【でもハルちゃんがこれだけ不運なのも、ヘタするとるるちゃん自身の配信始まって以来だし……
だってこれまででこんなこと、一回もなかったもん……3年半、ずっと……】
【るるちゃんに魅入られし幼女、ハルちゃん】
【そういえば僕っ子だったハルちゃん】
【それどころじゃなくてすっかり忘れてた……】
【普通ならロリが僕っ子ってだけで強すぎるのにな……】

【それを塗りつぶす個性よ】

【吹き飛ばすの間違いじゃ？】【そうかも……】

階段を下りたと思ったらモンスターがうようよいる場所。それが三連続。……さすがにそれ以上はなかったけども、今度は出てくるモンスターがどれも色違いとかちょっと見た目が違うレアなやつばっかりに。色違いとかレアとかきたら、当然強いんだ。そういうのはダンジョンが出現する前のゲームとかと同じだけども……結構大変。ドロップはおいしいけどね。

「弓矢は便利だけど矢が折れたら損だし、銃は弾が高いし……ただで拾える石、もっともっと集めなきゃ……」

るるさんたちの事務所さんとかから補填はあるだろうけども、それにしたってやっぱり家計簿上だけでも、がつんと減った数字は心に重くのしかかってる。……ちょっとでも稼がなきゃね。

【ハルちゃん、もっとしあわせになって　￥5000】

【おじさんのおこづかい、受け取って　￥10000】

【俺の小遣いも……ガチャなんか回してる場合じゃねぇ！　￥3000】

【あ、投げ銭……登録者数はともかく、収益化申請、事務所でしてくれたんだね……】

【そうじゃなかったら気づかなそうなのがハルちゃんだもんなぁ】

【るるちゃんが救いの女神……いや、そもそもるるちゃんのせいだったわこれ】

【今この瞬間の全てがるるちゃんのせいという風評被害】

【風評か？】【すまん事実だったわ】【草】

【けど、かわいい声で言うからてっきりおねだりかと思いきや、ハルちゃん本人が画面見てないから本当のぼやきで草】

【画面見てたらこんなことになってないから完全に証明されてて草】【草】

【何日か前まで登録者十人とかじゃ収益化とか頭にないだろうしなぁ……】

【つまり、これまで通りに収益化とか頭にない趣味配信な気分だと……】

【ハルちゃん……すっかり貧乏キャラが定着しちゃって……】

【このレベルなら普通に稼いでるはずなのに、どうして……】

【なんでか知らないけど今日はやたらしゃべってくれて嬉しい……けどやっぱりハルちゃんは無言でよかったかも……】

【知らなければただ楽しめたのに……もう戻れない】

【一緒に沼に沈もう？】【俺たちと来るんだ】

【始原さんたち……】【きゅんっ】【待て、そっちはときめく方向が違うぞ】【草】

【なんかハルちゃんが口を開くたび、闇がひたすらにあふれてくるでござる】

【どうして……】【やっぱりるるちゃん……？】

【でもお父さんの真似はするけどお母さんのはない……あっ……】【あっ】

【父子家庭、お父さんのためにダンジョン潜って……帰ったらえみお母さんに甘えて……？】

【あの柔らかいのに包まれて癒やされて？】【できたらその光景も配信して？】

【三日月えみ「＊＊＊＊＊＊＊＊＊＊＊＊＊＊＊＊＊＊＊＊＊＊」】

【えみちゃん⁉】【今度はえみちゃんが……えみちゃんがるるちゃんの餌食に……！】【草】

【深谷るる「ごめんなさい、ちょっとえみちゃん……ハルちゃんが心配すぎて」】

【優しい】【優しすぎてストレスになってそう……】【ハルちゃん、幸せになって……】

【でもるるちゃん、いい加減ログアウトしないともっと何か起きそうで……】


なんかモンスターが異様に強くなってきてる。これは気のせいとかじゃない。

「…………………………………」

腕のリストバンド。

僕の、普段とは違う焦りですでにスタンバイモードだ。この状態ならタップすればすぐに脱出できるし、大きな衝撃でもオートで脱出させてくれるすごいもの。


【緊急脱出装置！】【帰るの？】【たぶんそれがいいと思う……なんかおかしいし】

【それに〈ＵＲＬ〉こっちとかの配信じゃ普通に潜れてるらしいんだよ……一階層ずつ、トラップもなしで。やっぱるるちゃん、なんかしてるって】

【ハルちゃん救助隊……っていっても有志のだけど】

【その人たちが潜ってても普通に一層ずつだから、逆に時間かかって追いつけないっぽいね】

【低階層は初心者用ダンジョンだけど、それでも広さは普通にあるからなぁ】

【全力で走っても……最低二時間はかかるよね、ここまで】

【ハルちゃん、どんだけ階層スキップしちゃったんだろ】

【というか本当、今何階層なのよここ？】

【正確な階層はハルちゃんすらわからないゾ☆】【なにそれこわい】


……電波は入ってる、充電はばっちり。「作動しますか？」も表示される。壊れてないのは確認。

ソロプレイだからこそ、命綱は何度も確かめなきゃね。

「……まだダメージ受けてないので、もうちょっとだけ行ってみます。この袋、まだまだ入るっぽいですし」


【前しか見てないハルちゃん……そこが好きよ】【振り返らないロリ……】

【あの、同接……学校とかが放課後の時間帯になってから何倍にも跳ね上がってるんだけど……】

【同接、えぐない……？】【そりゃあ百万超えでも驚かない内容だし……】

【普通ならこれだけですっごく喜んで記念配信とかになるけどね……】

【そこはほら、ハルちゃんだからさ……】

【前とは違ってニュースとかにはなってないのにあのとき並みって……しゅごい】

【まぁ実質、えみちゃんるるちゃんの事務所の新人扱いだし】

【こんな新人がいてたまるか！　後続のハードル高いなんてもんじゃないぞ!?】

【草】【ハルちゃんは……うん】【なんかもう「ハルちゃん」っていう別の何かだから……】

【るるちゃんみたいな扱いで草】

【不幸体質るるちゃんに続いてヘッドショットハルちゃん……すごい時代だ】


最初はとぼとぼと歩きで、しかも石拾いしながらとぼとぼ進んでただけ。途中でおにぎりも食べたし、十分くらい横になったし……寝てないよ？

で、この袋。入れたものがどうにかなる的なトラップもないみたいだからって装備とかもどんどん入れたら、最低限のもの以外しか手に持ってない実質手ぶら状態。だから普段よりもむしろ楽ですらある……体のほうはね。

心のほうは……うん。

「やっぱりるるさんのせいかなぁ……これ」


【そうじゃない？】【そうだよ】

【深谷るる「ごめんね……ごめんね……」】

【かわいそうなのがかわいくて草】【ぺろぺろ】

【るるちゃん、元気出して】

【るるちゃんのせいじゃない……『呪い様』のせいなんだよ……】

また何か変なことになるかもしれない。普段以上の警戒心で結構心は疲れてきている。

あー。

「……残弾使い切って戻ろ」


【よかった……よかった……】

【帰り際にコメント見てくれたらなんとか……】【でもすでに遅いっていうね】

【ハルちゃんが、ソロでそれなり以上どころじゃなくやれるやばいやつってわかったから安心はしてるよ。闇まみれだけど】

【俺、ハルちゃんが脱出したら今日の仕事がんばるんだ……】

【お前、絶対今日の仕事できてないだろ】【だって気になるじゃん？】【草】

【けどさ、言動も幼いし……まさか本当に合法ロリ？】

【本物のロリに決まってるだろ】

【ショタです！！！】【お前は落ち着けショタコン】

【まー、ダンジョンが現れて十年。ダンジョンにぴったり合ってる天才が出てきてもおかしくはないわな、時代的に】

【やめてくれ】

【ダンジョンが出現する前の時代を知ってるお兄さんたちは何歳なんですかー？】

【やめろ】【やめてくれ】

【おじさんたちはどうすれば……】

【まだ俺はお兄さんなんだ……おじさんじゃないんだ……】


ちょっと速かったりモンスターのコアが頑丈だったりはするけども、やっぱり初心者用ダンジョン……ちょっと変だけど……ってことで、モンスターもそこまで強いわけじゃない。だから隠蔽と視界を最大まで引き上げた僕は、その分、音を立てても問題ない形にする。

じゃ、息が切れない程度のジョギングだ。二日くらい外に出られなかった分の体力を使い切っちゃおっと。


【え？　ちょ】【なんでハルちゃん走り出したの⁉】

【まさかの特攻】【ハルちゃーん⁉】

【いや、大丈夫だ】【ハルちゃん、早く帰りたいときによくこれやるから】

【始原……情報助かる】【学校帰りの小学生かな？】【草】


「ふっふっ」

とっとっとっとっ。

子供の足で普通に歩く速度から、子供の歩幅だけども魔力ブーストで大人のジョギングくらいにスピードアップ。これで移動時間を短縮してさっさと行けるところまで。普段からよくやるやつだ。町の中で普通に速く移動できるから、案外重宝するよね。


【●REC】【AI使い、これは?】

【任せろ、吐息も完璧に作る】【あなたが神か】

【深谷るる「あ、そういうのは事務所に申請してくださいねってえみちゃんとマネージャーちゃんが言ってます」】

【もちろんです。公開の前にデータの提出もして許可をいただきますし、最大限の配慮と制限をこちらからもかけます】

【えらい】【というかるるちゃん、ログアウトしないとまた不幸が……】

【問答無用でBANされるよりは、ほどほどで許可取ったほうがいいもんな】

【そのうち絶対悪用されるけどな】【まあ人気な子のは前から出回ってるし……】

【というかハルちゃん……足、速くない……?】

【魔力でブーストして……いや、ソロでそれは危ないんじゃ……】

【ハルちゃんは疲れて気が抜ける前に撤退できるタイプだ。安心してくれ】

【そうそう、これはただめんどくさいからさっさと終わらせようって思ってるパターン】

【うんうん、ハルちゃんは全力でめんどくさがりだからな】

【始原たちの理解力が高すぎる】【草】【それでこそ俺たちの始原だ】

「左」

しゅんっ。

「右斜め前」

しゅんっ。

「後ろから三」

くるっと回ってしゅんっ。

そうして目指す方向に近いところのドロップは取りに行くけども、外れたところまでは行かない。

ここからはスピードでの狩りなんだ、効率重視でね。


【えっ……何してるのこの幼女（ドン引き】

【なんか自転車くらいの速さで走りながら止まらずに撃ってるんだけど……】

【しかもパチンコじゃなくなって弓で……】

【わー、ようじょがくるくるおどってるー】

【俺弓道やってるけどあんなに速く番えられないし引けないし狙いも合わせられない】

【そういう競技じゃないからね？】

【アーチェリー……俺、もうやめようかな……】

【だから違うからね？】

【俺もメイン武器が弓だけど一から出直さないと……】

【ダンジョンでも普通は不要なスキルよ??】

【絶望を振りまくハルちゃん】

【モンスターどころか視聴者たちへもダメージを振りまいてる……】

【なにこの幼女……】

【待って、やっぱおかしい……さすがにこのレベルのモンスター一撃ってのも、それがコモンの弓だってのも、腕の長さ的に威力が出ないはずなのもなにもかも】

【知らない、こんなスキル知らない】

【さすがに動画だって思いたくなってきた、合成の】

【残念ながら配信なんだよなぁ……】

【これが全部計算ずくだったら俺、もう何も信じられない】

【大丈夫。るるちゃんの伝染力だけは本物だよ】【草】【オチ担当のるるちゃんで草】

◇～◇～◇～

「つよかった」

僕の目の前にはでっかい熊さん。なんかいろいろ角とか生えてるけどなんて名前なんだろうね。

あんま興味ないからどうでもいっか。この前も倒したやつだし。

【速報・ハルちゃん新種のモンスターもヘッドショット】
【Q．感想は？　A．「つよかった」……かわいいね】
【かわいい（ぐるぐるおめめ】
【もはやどんなモンスターも瞬殺で全てが見せ場だった】
【ダンジョンに潜ってる高レベルほど見せ場ってわかるあれだな】
【これがハルちゃん流のエンターテイメント……？】
【いや、ただの天然だろ】【草】【よ、幼女だから……】

「これってＦＯＥ？　突然変異のこわいやつ？」

【ボスだよ！　ボスだよそれハルちゃん！】【草】
【ハルちゃん、それボス……たぶんボスモンスターよ……？】
【ボスモンスターが「こわいやつ」のひとことで片づけられて草】
【ネーミングセンスはとことん幼女】
【こんなのがダンジョンを徘徊していてたまるか！】【それな】
【そもそもこの広間、階段下りてワンフロアって時点でボスフロアでしょ……】
【それはほら、ハルちゃんだから……】【ああうん、なんか納得したわ】

【もうハルちゃんっていう何か】【なにもかも常識が通じない。それがハルちゃんだ】

【我流も極めたらすごいんだなぁ……】

【絶対マネしちゃダメだぞ？　いや、ガチで】

【普通の人間ならこうなる前に大ケガで緊急脱出だ、安心しろ】

【草】【安心していいのか？　それ】

【まぁ天才だろうしなぁ】【天才ならしょうがない】


ちょっと見て回ったけども、下りる階段はなし。……たまにあるよねぇ、こういう部屋。ダンジョンも工事中ってあるんだよね。

「ここから先の階層はまだ開かないみたいですので、そろそろ脱出装置で出ます。次来るときには潜れるようになってるといいなぁ」


【え？】【何言ってるのハルちゃん??】

【開かないも何もここが最奥なんだよハルちゃん！】

【ここがボス部屋……なんで宝箱探さないのハルちゃん……】

【ハルちゃんの索敵能力なら、探せば見えるはずなのにどうして……】

【……もしかしてさ？　最近ときどきある、ダンジョンのボス部屋なのになぜかボスがいなくて宝箱とかドロップだけあるのって……】

【は？】【いや、まさか】【さすがに……なぁ？】【いやいや……いやいや】

【ハルちゃんは確か三年くらい前から……え？】【……そういや謎宝箱って、最近になって……】

【ちょっとそういう噂のリスト作ってみる。もしそれがこの前のダンジョンの近くだったら……】

【ハルちゃん、ダンジョン攻略したのわからないで引き上げてた⁉】

【草】【えぇ……】【何そのもったいなさすぎるの……】

【やっぱりこの子ちょっとおかしい】

【悲報・ハルちゃん、保護されるべきだった】

【やっぱソロの人ってどっかがぶっ飛んでるんだね……】

【知りたくない情報を知ってしまった】【これもう完全にソロの弊害じゃん……】

【ハルちゃん、保護してもらって……えみお姉さんたちに一からいろいろ教えてもらって……】

【ダンジョン協会も調査してたんだよハルちゃん……どうしてボスがいないダンジョンがあるのかって……】

【まさかその原因がハルちゃんだとは……】

【ダンジョン協会で調べて回ってた人たち、何年分の仕事がパーになって泣いてそう】

【かわいそう】【かわいそすぎる】

【しかも今からハルちゃんの検証があって地獄絵図】【かわいそすぎる】

「じゃ、今日の配信はおしまいです。ちょっと疲れたので地上に上がってから軽くお返事しますね」

そういや、コメント欄を読むの忘れてた。まぁいいや。

僕はカメラをオフにして、リストバンドを操作。緊急脱出の金額以上にはドロップとか結晶集めたはずだから、これでさくっと地上に戻っちゃおう。

やー。

それにしても、初心者ダンジョンにしてはなかなか歯ごたえも実入りもあったなぁ。下の階層に行けるようになるあたりで、もっかい来よっと。

楽しみはいつまでも取っておくんだ。リスさんみたいにね。


【これだけのことをしでかして「ちょっとつかれた」ハルちゃん】

【最後まで疲れた様子ないとか……】

【本当に人間？　ダンジョンで生まれたエルフとかじゃない？】

【えみお母さん、ハルちゃんすぐに捕まえて……すぐに捕まえて速攻連れて帰って悪い人たちから守って……】

【これだけの実力があるのにこれだけ抜けてるの心配すぎるもんな】

【ヘタしたら「お嬢ちゃん、コンビニおにぎり買ってあげるから来てくれない？」でのこのこ付いていきそうなまである】

【ひらめいた】【通報した】

【情報開示請求しとく？】【姉御、やめてくれ。本当に冗談だ】【草】

【ハルちゃん、るるちゃんの不幸もらった代わりに面倒見てもらえてよかったね……いや本当に】
【ああ……】【総合的に見ればプラスだよねぇ……】

四章　『ヘッドショットロリ』の拡散と保護

『【衝撃】超ド級新人のハルちゃん、まさかのゲリラ配信【無事大騒動】』


【世紀の投票は「るる×ハル」最多・「るる×ハル」ｏｒ「ハル×るる」という圧倒的多数でおねロリになる見込み】

【お前らこんなときに何やってるんだ……】

【だってこうでもしないと現実逃避できないし……】【ああうん、なんかごめん……】

【みんな当たり前すぎて忘れてるけどさ……先週まで登録者十とかの個人勢が、ゲストですらない一般視聴者にえみちゃんとるるちゃんが普通にいるとか豪華すぎるよね……】

【しかもその内容がハルちゃんのこと必死に呼んでるだけってのがな】【草】

【個人勢でソロで幼女だから本気で心配される系な配信……】

【えみちゃん、おいたわしい……】

【るるちゃんは？】【とりあえず謝ろ？　ハルちゃんが許してくれるかもよ？】

【草】【るるちゃんに対してだけ辛辣で草】

【だって本当、どう考えてもるるちゃんのせいでハルちゃん大変な目に遭っただろうし……】

【それもそうだ】【正論すぎる】

【考察班のガバガバ推理通りならこれからも隠れてたいはずのハルちゃん。だから今日の配信も始原っていう実質身内だけだったはずがこの通り、全世界公開だし……】

【それで嫌ってないって時点で……天使かな？】

【金髪ロングで碧眼のお姫様みたいな子が天使じゃないならなんだよ】【え？　俺の嫁】

【ショタだって言ってんだろ！　わかった、情報開示請求するから三ヶ月後待っててね？】

【待て姉御、謝る、この通りだ】【草】【姉御ォ！　情報開示を悪用するのはやめろぉ！】

【初見→初見お姉ちゃん→姉御で草】【順当に価値が下がってて草】

【悲報・ハルちゃんの関係者、みんなキャラが濃すぎる】

【ハルちゃん自身には敵わないけどな！】【草】


【おにぎりいっこでおなかいっぱい】

【ハルちゃん……】【もっと食べる君が好き……】

【ちょ、配信画面ものすごい課金の嵐】

【だっておにぎりいっことか……ねぇ？】

【演技とか台本であってくれって思う日が来るとは……】【現代社会の闇よ……】

【えみお母さんの愛情がまぶしすぎるとか……泣ける】

【あのおっぱいに包まれても逃げ出すなんて……】

【るるちゃんにおっぱいがあるって⁉】【お前は別の宇宙から来たのか？】

【別の世界線かもな……るるちゃんが貧乳以上になるっていう平べったい確率の先の……】

【そんな世界線は三千世界でも数えるほど】

【みんな知ってる？　平行って絶対に交わらないんだよ？】

【草】【ひでぇ】【だって絶壁だし……】

【ひ、貧乳教徒からは絶大な人気だから……】

【あー、確かに一部からは熱狂的すぎるよな】

【私、実はるるちゃんのこと男の娘だって思っているのよ。だってブラ紐とかないときあるし。そしたら、るる×ハルでもハル×るるでもおいしいもん】

【姉御、るるちゃん泣きますぜ？】

【そうだそうだ、いくら絶壁だからっていってもひどいや！】

【草】【擁護になってなくて草】

【お前らはるるちゃんファンの俺を怒らせた】

【でもお前、貧乳ロリの上位互換がハルちゃんだぞ？】

【ごめんるるちゃん、今日から俺ハルちゃんファンになるわ。あとはがんばって】

【切り替えが早すぎる】【草】

【いや待て、ハルちゃんは幼女だから成長する見込みがあるけど……現役ＪＫのるるちゃんには……もう、ないんだぞ……？】

【ぶわっ】【ある意味で貧乳教徒からは永遠のアイドルのままだな！】

【速報・ハルちゃん、合法ロリになるしかなくなった】

【そっかー、おしゃけおいしいんだー】

【自ら退路を断っていくスタイル】【草】

【ハルちゃん、下手に実況なんかしはじめるから……】

【は？】【成人してるって言った‼】【これは……どっちだ⁉】

【ハルちゃんハルちゃん、実はこっそりこことか見てない？】

【大丈夫だろ、見てたらここにもホーミングるるちゃんが来るはずだし】

【始原としては、ハルちゃんがそんなに器用だとは思えないな】

【ああ、間違いない】【そんな器用なことできる子じゃないんだ】

【草】【始原が断言しちゃったよ……】【潜り】

【ま、まあ、ハルちゃんのことだし、適当なこと気分で言ってるんでしょ……】

【あー】【幼女だもんなぁ】【風変わり（マイルド表現）な子だから……】


【えみお姉ちゃんの華麗な判断で、ハルちゃんはお父さんっ子ということになりました】

【そういうことにしておこう】

【そうだよな、ハルちゃんが嘘つくはずないもんな！】

【そうだそうだ、そこまで器用だったらもっとうまくやってる】

【擁護になっていないような、擁護のような……】

【負の信頼ってやつがこれだよ】【草】

【でも、やることなすこと全部ハズレ引くハルちゃん……】

【これがるるちゃんの呪い……】

【「僕になんか飛ばしてます？」草】

【やっぱり飛ばしてるんじゃねーか‼】【怖っ】

【るるちゃんのキャラってことでこれまでみんな冗談で言ってたのが、マジでガチっぽいって気がついて本気で怖がってて草も生えない】


【三連続初手モンハウとかどんな確率よ？】

【宝くじの……二等とか一等とか……？】

【宝くじには当たりがあるけどるるちゃんの呪いは呪いでしかないよ？】

【草】【ある意味すごいけど絶対巻き込まれたくない】

【るるちゃん、えんがちょにならないで……】

【ああ、とうとうえみちゃんから退場させられてる……】

【まぁ、ここまで見たらねぇ……】

【ハルちゃんの汗】【ハルちゃんの汗】【ハルちゃんの汗】

【配信画面、こっちとおんなじ変態コメントが流れるのに迫る頻度で外国語が流れはじめて草】

【俺たちが変態だってことも全世界に……】

【今さらだろ】【HENTAIだぞ?】

【つまり、世界中に俺たちが……】【そんなの嫌すぎる】【草】

【俺たちは未来に生きているんだ】

【まぁ実際、多くの先進国じゃ未成年はそもそもダンジョン立ち入り禁止だしな】


【ハルちゃん、帰りにあの近くの神社行くってよ】

【俺ちょっと用事あったんだった、行ってくる】【俺も俺も】

【私も!】【姉御はステイ】【草】

【別に私はひと目でもハルきゅんらしき男の子見るつもりじゃないのですわよ⁉】

【落ち着け姉御、キャラ崩れてるぞ】

【待て、なんか物々しくなってるぞ〈URL〉】【うわ、なんだこれ】

【ここ、ハルちゃんが潜ってると思しきダンジョン?】

【突撃しようとした配信者がお巡りさんたちにガードされてるな】【何があった⁉】

【いや、こんだけおかしいこと起きてるんだからダンジョン協会が規制頼んでるんだろ】

【るるちゃんのせいで一階層飛ばしだもんなぁ……】

【耐性のないヤツは無理だろうな】【高レベルパーティーじゃないと入れてもらえなそう】

【あ、ハルちゃん追ってたパーティーにも、協会から撤退したほうがいいって連絡入ってるっぽい】

【まあ、そうなるな……】

【ハルちゃん以外は変なことになってないけど……これは、ねぇ……？】

【ハルちゃん、弾代でかつかつとか】

【ごく自然にまーた視聴者に課金させるハルちゃん】【この闇よ】

【配信サイトでの投げ銭は結構持ってかれるっていうし、事務所さんハルちゃんのファンボはよ】

【こんだけレベル高いんだったらちゃんとしたパーティーと潜ればちゃんとしたお金が入るはずなのに……】

【ハルちゃん、ガチでお父さんのために潜ってたり？　お父さんが病気とかで】

【まーた健気属性が……】

【!?】【えみちゃんのコメントがバグってる草】【えぇ……】

【るるちゃんダメでしょ！　呪い飛ばしちゃ！】

【呪いを自分の意思で飛ばせたらやばそう】

【るるちゃん……いや、るる様……】

【すごいパトカーの数】【テレビで中継してる!!】

【「ダンジョン内部で通常とは異なる動きを探知」だそうだ】

【あ、その前に潜ったパーティーの配信】

【撤退直前まで普通に潜れてるっぽいな……】

【もしかして：るるちゃんの呪い、完全にハルちゃんだけがターゲット】

【「私を助けてくれたハルちゃんは私だけのものだからね」】

【ひぇっ】【怖すぎて草】【ヤンデレかな？】

【そういえばるるちゃんが事故った配信でもハルちゃん、一時行方不明からの保護って……】

【まさか……】【いやいや……いやいや】

【お坊さん百人くらいでまとめてかからないと解呪できなそう】

【「無理ですじゃ」とか言われそう】

【お坊さんたちがみんなふさふさになってそう】【草】


【パトカーとかの車両がダンジョン一帯を封鎖してるせいで、余計大ごとになってる……】

【これもみんなみんな、るるちゃんのせいなんだよ？　いや本当に】

【テレビ中継のほうは、報道規制なのか「原因は不明です」って感じだな】

【まぁ話題性しかないいるるちゃんからのハルちゃんってことで、突撃して二次被害起きそうだし】

【一方でハルちゃんの配信自体は平和そのものなのが草生える】

【コメントさえ見なければ普通のようじょのぼうけんって感じだもんな】

【幼女ってなんだ……？】【ハルちゃんのことだよ？】

【おい、ハルちゃんを基準にすると世界中の幼女がやべーことになるぞ⁉】【草】

【わー、ハルちゃんひとりでおさんぽできてえらいねー】

【おさんぽ（一階層ずつ飛ばしです、初手モンハウ三連続とかどう考えても殺意マシマシです、おまけにるるちゃんの『呪い様』が来てます……普通ならまず無理です】

【最近の幼女ってすごいな……】【最近の幼女たちがかわいそうだろ‼】

【そうだった、ハルちゃんはハルちゃんっていう何か別の枠だった】

【ロリでも合法ロリでもいい、無事でいて……】

【ショタでもいいからね、この際……】

【だーから姉御はさりげなく願望ねじ込むなって】

【まぁここまで危ない場面すらなかったし大丈夫……だよね？】

「やっぱりるるさんのせいかなぁ……」

【草】【るるちゃんが全力で謝ってて草】

【るるちゃんがログアウトしてないから続いてるんじゃないの……？】

【心配な気持ちはわかるけどなぁ……】

【えみお母さん、るるちゃんのことちゃんと管理して？　なんかあるでしょ、神社の離れとかお寺の一室借りてバリア張ってもらうとかさ……？】

【そんなことしたらその神社とかお寺ごと崩壊しそう】

【異界とかになってそう】【草】

『【衝撃】超ド級新人のハルちゃん、まさかのゲリラ配信【無事大騒動】7

【今来た人用まとめ：ハルちゃんは貧乏家庭出身で病気のお父さんが大切なお父さんっ子↓たまたまダンジョンでの適性があって、生活費のため毎日のように潜ってた？】

【ハルちゃん、本当に合法ロリ説↓数年前の法律改正で十六歳からダンジョン内だけ成人扱い、もし今年で十八歳なら配信始めた頃でぎり十六歳。配信開始の三年前からなら学生の年間規制に引っかからない】

【ハルちゃんがまだロリっ子で十六歳未満なら、法律違反になるから意地でも成人って言い張ってるならやべーロリっ子配信者爆誕】

【合法ロリなら身長百二十センチの合法ロリ配信者爆誕、ロリならガチロリ配信者爆誕とご褒美しかない模様】

【顔出しなし・声出しなし・趣味垢宣言↓ロリだろうと合法ロリだろうと目立つ見た目、目立ったら困る身の上、さらに推定レベルがほぼ上限の十五〜二十、つまり国内上位百位の中の非公開勢で面倒を嫌がってるから】

【情報量が多すぎて草】【怒濤のまとめ助かる】

【なんか矛盾してるところあるけど綺麗に繋がっちゃってる……】

【がばがばだけどなんか大筋合っちゃってるねぇ……？】

【悲報・ハルちゃん、必要だったからあえておかしな配信してた】

【悲報・なのにるるちゃんのせいでバレたから保護されてる】

【悲報・なのに逃げ出して普通に配信してる】

【なんで……？】【最後だけ繋がってなくて草】【草】

【男の子に決まってます。私はまだ希望を捨ててません】【まーた初見お姉ちゃんか】

【ＳＮＳとかでも、みんなで好き勝手言ってるうちに情報が集約統合されてきてて草】

【これが集合知ってやつか……】【ネットって怖いね】

【特定とか怖いね。みんなも気をつけようね？　こうなると手遅れだから……】

【大きなお友達はすごいんだよ？】


【ハルちゃん、やっと帰る気持ちになってくれたらしい】

【よかった……よかった……】

【!?】【ハルちゃん、猛ダッシュ】

【もしかして：これもるるちゃん】【えっ】【え、あの】

【ハルちゃん、結構全力で走りながらヘッドショット続けてるんだけど……】

【なぁにこれぇ……】

【なーんでリアルでゲームみたいな挙動してるんですかねぇ……？】【アクションゲームかな？】

【悲報・ハルちゃん、やっぱり充分おかしかった】

【わぁ、国内トップクラスってこういうことできるんだぁ……】

【しかも残弾使い切りたいからか、わざわざ取り回しの難しい弓で連射っていうね……】

【曲芸かな？】【一秒おきに矢をつがえて、二回同じ方向狙わない……】

【さいきんのこどもはずいぶんすごいんだなぁ】【落ち着け、ハルちゃんだけだ】

【こんなのが一般的な子供でたまるか！】【一般的な子供に謝れ！】【草】

【配信のコメント欄でも絶望が書き込まれてて草】

【まぁ同業者ほど実力がわかりそうだし……】

【普通にスポーツでやってる勢も致命傷受けてて草】

【ハルちゃんが特別だって割り切れないと大変そう】【それな】

【ちょ、この大部屋ってまさか】【ボスフロア⁉】

【有志の計算によると、一階層ずつスキップ、モンハウの九層前から二階層ずつスキップしたら、ここでちょうど二百層らしいゾ☆】

【えぇ……】【ソロで二百層とか頭おかしい……】

【いくら入り口のレベルが一で、百層くらいまでなら中級者でも潜れるダンジョンだっていっても二百層はなぁ……】

【ハルちゃんの前にこのダンジョンにチャレンジした最下層の人が百層ちょいなんでしょ？】

【やばくね？】

【上位パーティーが来ていないにしても二百層とか……普通ならダンジョンで二泊三泊かけて攻略

するもんなぁ……】

【普通ならな。ハルちゃんはるるちゃんスキップがあるから……】

【るるちゃんスキップとか言い方変えようと事実は変わらないよ？】

【るるちゃんスキップ……いい響きなのに……】

【どう考えても調子乗ったるるちゃんがすっ転ぶ画しか浮かばない】【草】

【ああ、自分の足ですっ転ぶか何もない地面ですっ転ぶのがるるちゃんスキップだもんな……】


【「でっかいくまさん」】

【草】【のんきで草】【かわいくて草】

【あ、さすがに立ち止まってる】

【って、銃で一発⁉】【えっ……拾っただけのコモンの銃と弾で？】

【スキルでクリティカル出た……んだよな？　そうだと言ってくれ】

【草しか生えない】

【「さすがに前には倒れてきませんね」草】【草】

【ああ……るるちゃんのときは「やったか⁉」からのこっち側に倒れてくる仕様でしたねぇ……】

【まさかの追撃戦で絶対トラウマになってるよね、ハルちゃん】

【ハルちゃんでもなるのか……トラウマ】

【お前らハルちゃんのことなんだと思ってるの？】

【え、やばいようじょ】【なんかとにかくやばいやつ】
【ちょっとおかしい子】【人外】【天使か何か】【草】
【新種疑惑のボスモンスターを「突然変異のこわいやつ」だってね】
【かわいいね】【かわいいけどこわいね】【もうそれでいいんじゃないかな……】
【モンスターの情報まとめる人、頭抱えそう】
【あ、やーっと脱出だって】
【というかハルちゃん、宝箱！　宝箱は⁉】
【悲報・全力で天然のハルちゃん、まさかの宝箱逃し】
【これ、ガチでさっきのボスを変異種のＦＯＥって勘違いしてるな】
【ハルちゃん、どじっこちゃん】
【あ、配信切れた】【ハルちゃんでもさすがに疲れたか】
【まぁ非公開から通算して７時間ぐらいみたいだし……】
【むしろその中でおにぎり休憩しかなかったんだけどな】
【これは荒れそうだな】
【というかえっと……ダンジョンの周辺一帯、規制線張られてるんだけど……】

『【衝撃】超ド級新人のハルちゃん、まさかのゲリラ配信【無事大騒動・反省会場】』


【とりあえずハルちゃんが配信始めちゃったら始原はステイかけるように】

【任せろ】【俺の部下全員を使って止めるから安心しろ】

【やだ、過激】【だって始原だし……】【草】

【るるちゃんもえみちゃんも事務所の公式も、ハルちゃんの安全を伝えたあと静かになったな】

【たぶん今頃、みんなでよってたかってハルちゃんお説教中だね】

【ハルちゃんかわいそう……】【なんでさ！　悪いのは……うん、ハルちゃんだったわ】【草】

【いろいろあるんだろうけど、脱走してダンジョン素潜りとかかましたのはハルちゃんのせいで間違いないもんな！】

【でもこんなことになったのはホーミングるるちゃんだけどな！】【草】

【何あのホーミング精度……ダンジョン内であんな罠の発動の仕方とか存在するの……？】

【存在しなかったとしても、今日から存在することになったたな】

【今日あっちこっちの公務員たちが残業させられそう……】【かわいそう】

【かわいそうでしょ！　るるちゃん謝って！】

【待て、ヘタにつつくと『呪い様』が来るぞ。脅しじゃなくて】

【名前を呼んではいけない『呪い様』】【こわ……】

【今日の配信で完全に世界デビューとかスピード感おかしくない？】

【だってハルちゃんだし】【それもそうだな】【草】

【今日の配信でばっちり人外な動き映ってたから……今回のはさすがに注目されるでしょ】

【あの……登録者いろいろ飛び越して三百万とか……】

【あの内容ならむしろ少ないまである】

【こわいくまさんのヘッドショットの切り抜きの再生、一時間で二百万再生行ってるしなぁ……ネットを見ないでまじめに勉強したり働いてたりした人たちが帰ってひと息、そこからネット見て押し寄せるからこの何倍なんだろうな……】

【ハルちゃん怖がらないで】【大丈夫だろ、あのハルちゃんだぞ?】

「みなさんヒマですね」とか言いそう】【草】

【あのやる気のない感じで言いそう】【脳内再生余裕で草】

〈URL〉ハルちゃんの公式アカウントできたっぽい‼】

【お、えみお母さんとるるちゃんもフォローしてる、本物だな】

【あの、プロフページ、ものすごい勢いで数字が増えていくんだけど……】

【まぁさっきの内容でこのタイミングだもんな】

【やっぱりこれ、事務所の新しい戦略じゃや……ないな】

【草】【これを狙ってできるか! いい加減にしろ‼】

【狙ってできたら苦労はしない】

【まあね、あのるるちゃんの追尾してくる呪い性能はね……】

【むしろあれ狙ってできるなら現代の呪術師とかになれそうだもんね、るるちゃん】

【そして平気な顔して通りすぎるハルちゃん】【その周りには死屍累々】

【うわぁ……開設二十分でSNSフォロワー五十万とかえぐすぎぃ……】

◇〜◇〜◇〜

「……というのが、抜粋したコメントです」

「ほう」

豪華な机の上には「会長」と書いてあるプレート。印刷したての紙から視線を上げた——老眼鏡越しに——老人が、ソファに座っている壮年の男性へ答える。

「これまではハルちゃ……こほん、『征矢春海』さんの件を、捜索時に『たまたま』深谷さんや三日月さんと合流した『彼女』経由で調査して参りましたが……」

「ふむ、そろそろ限界かのう。マスコミへの対応はつつがなく行っておるが、こうも情報があふれたら歯止めがかからん」

「肝心のハルちゃ……ん自身が、かわゆい……小さくとも目立つうえに厄介ごとを抱えている身と自覚してもらわなければ」

「ハルたん、あの調子じゃ近いうちに顔が出てしまったり、『男の子だったこと』を口走ってしまうかもしれんの……あいわかった」

「幸いにして飲酒発言や成人発言については『ありえない』というのがネットの主流意見ですが……危険ですからね」

二人だけの密室。そこで彼らは――『ダンジョン内の何かで男性から少女になった彼』と直接に接触を試みる判断をした。

「会長。〝他の八名〟が『二人だけハルちゃんと会うなんてずるい、自分たちにも会わせて』と」

「ずるいも何も、あやつらは関係ない職業じゃろ……ハルたんが不審に思ったらアウト。会う場面の録画で我慢せいと伝えとくれ」

「承知しました……ああ、実質的に我々『始原』に加わっていますあのショタコンＯＬはどうしましょうか」

「ロリっ子だとわかってどう反応するのか楽しみじゃ。なによりも、ハルたん自身が今日の非公開配信に加えたからの」

「わかりました。予定にはありませんでしたが、彼女へも秘匿回線で」

「ああ。ハルたんのことを漏らさぬよう、念のために必ず職場と家族は押さえておくように」

「すでに手配済みです。もし反逆の意図ありなら『ダンジョン関係での他国のスパイ』ということにすれば、どのような理由でも付けられます」

「うむ」

そうしてまた「ハル」と名乗る幼女の知らないところで『彼だった彼女』を巡る陰謀が渦巻く。

──もし本人がそれを知ったとしても、「興味ないしめんどくさいからどうでもいいや」と言いそうではあるが。

◇ ～～ ◇ ～～ ◇ ～～

「ふぅ」

この緊急脱出装置、使うと一瞬ふわっとする感じがするから実は苦手。あれだよあれ、飛行機でおしりがひゅんってなるあの感じ。まぁ中級者以上になると普通に毎回使うんだけどね……うん、慣れればちょっとやな程度だからさ。

ダンジョンの行き止まりから入り口まで、ひとっ飛び。出店とかドロップの買い取りのお店とかのある、広いくせに普段はガラガラな広場に着いて──みたら、なんかものすごい人であふれている。まるでお祭り騒ぎだ。

「？」

なんか今日イベントとかあるの？

それにしてはなんだか騒々しいけども。

「……ハルさん……ようやく出てきてくれましたか……」

「とりあえずこのパーカー、頭から被ってください。かなりの大事になっていますので」

「え？　えみさん？　九島さん？」

僕の目の前には、えみさんと九島さん。……と、その周りに……三十人くらいのお巡りさんたちがガン見してくる……やだこわい。

その後ろには十台以上のパトカー、そのさらに周りはテレビとかでよく見るブルーシートで遮られている。なんかすごい雰囲気……なにこれ。

「……なんか事件あったんですか？」

こわっ……物騒な世の中だよねぇ。

「……それはハルちゃんのことでしょー!?」

「うわ、るるさん」

真後ろからの声でびびった僕に、後ろから……この感触はるるさんだよね、だって胸がないし……抱きついてきたるるさん。いや、ちょっとはふよんって押し付けてくる感覚はある。けどそれがブラジャーな偽乳だって察しはついてるから黙っとこ。

抱きつかれたついでに、すっぽりとフードを被せられている僕。君、こういうの上手だね……けども、なんで君たちがここにいるの？

「？？？」

「……ハルちゃーん……はいしーん……」

「あ、来てたんですね。だから変なの飛ばしてきて……けどあれ？　なんで非公開なのに」

やっぱりあの感覚……るるさんが何かを遠隔で飛ばしてきてたんだね。

「……そうかもしれないのは私が悪いんだけどさー……だけどさー……」

「？？？」

るるさんは、なんか僕にひっついたままだるーんとしてる。ちょっと重いんだけど……魔力で筋力増強してるとはいってもベースは幼女、そこに普通の高校生が乗っかってきたら重いでしょ？

「三日月さん、詳しい説明はのちほどにしましょう。ハルさんも二百層の攻略で疲れているでしょう」

「九島さん……そうですね。特にケガもないようですし、急ぎこの場を」

「？」

二百層？　って何？

僕……そういや結局あそこは何層だったんだろ。四十九層くらいで塞がってたのかな？　るるさんのせいでよくわかんないんだけどね、今日のって。もういろいろとめちゃくちゃすぎて……とにかくそこまでは行ってないし……別件？

「はい、無事保護できました。みなさんには大変なご迷惑を……」

近づいてきたお巡りさんたちに、えみさんがぺこぺこ頭を下げてる。

えみさん……とうとうヘンタイさんなのバレちゃったの？　だからこんなにお巡りさんなの？

いや、それにしてはブルーシートの外がうるさいような？　それに女の子の変態趣味がバレた程度でここまではならないだろうし……あとは、るるさんがまたなんかやらかしたかだな。

うん、それしかない。断言できる。

「ハルさん、歩けますか？」

「はい。あ、本当にケガとかないので治療必要ありませんからね、九島さん。普段通りでしたので被害はゼロです」

今日もいい感じのポニーテールな九島さん。なんかすっごくまじめな人だからちゃんと説明しないと心配し続けそうな雰囲気だもん。

「え、ええ……配信を見ていましたから、それはよく……」

「そうですか、それなら……あれ？」

だから、なんで配信？

アーカイブになれば見られるんだっけ……わかんないや。そういえば配信中もるるさんの気配がしたんだけども、そもそも僕、始原さんたち十人にプラスで一人しか招待してないし。あ、管理者権限で見られるのかな……やっぱよくわかんないや。

「……わかりました。ハルさん、このパトカーで送ってくださるそうです。乗りましょう」

「えみさん？　あ、わかりました」

ああ、かわいそうに……とうとう君もお巡りさんの厄介に。

任せて、ちゃんと「いたずらされてません」って言い切ってあげるから。けどなんで未成年なんちゃらの加害者と被害者、おんなじ車両に乗せるんだろうね。知り合いだから？　わかんないや。

「……とりあえず言うけどね。たぶんハルちゃんの考えてること、全部間違ってるからね？」

「む、それはどういうことですか？　るるさん」

ぐいっと引っ張るおててのの感触。僕は疲れた顔している、るるさんに引っ張られていく。

「？？？？」

……ほんと、何があったんだろ。悪いことしてなくってパトカーに乗る経験なんて貴重すぎるから、僕的には楽しくていいんだけどさ。


パトカーはテンション上がった。あと乗り心地もそこそこだった。

けども。

「えっ。…………………配信が」

「はい。当初非公開だったものが、途中から……」

血の気が引くってのはこういうことなんだろう。さすがの僕でもやらかしたってわかれば、こうもなる。

「……いつから？」

「その、ハルさんがお昼を食べるずっと前から……」

「えぇ――……」

やっちゃったぁ――……。

配信の切り忘れでの事故とか配信中での失言とか映しちゃいけないもの映しちゃうとか、そういうのって『気をつけてれば普通はならないよね、僕だったら絶対しないなぁ』って思ってた。でも、それを僕がしちゃったんだよなぁ……どうしよ。

いやまぁ僕自身のことを話したわけでもないし、顔を出したわけでもない。だからセーフなんだろうけども……てっきりいつもの人たちだけしかいないって思ってたから……なんかちょっと怖い。

あれ？

なーんだ、ちょっと怖いだけかぁ。なら問題はないよね。

「問題のある箇所は、配信中にこちらで手を加えました。……視聴者のローカルでも録音・録画されていた場合にはどうしようもありませんけど……」

あ、問題あったのね……ごめんね？

「ありがとうございます、えみさん。でも僕、特段困るようなことは」

「お酒」

「ごめんなさい」

思い出してみたら確かに普段から飲んでる発言してたよ僕……もうおしまいだ。

「コ、コメントですぐにえみちゃんがフォロー入れたから！　だからよっぽどいじわるさんじゃなきゃ大丈夫だと思うよ！」

「そうですか」

「そもそもハルさんは、配信画面から身長を把握されています。さすがに小学校低学年の身長で飲酒をしているとは……普通なら、本気で思わないと思います」

なんだ、だったら大丈夫だね。

それでもまたちくりと「私としては断酒してもらいたいところですが」って、まじめな九島さんが付け加える。うん……そうだよね……僕の肉体、六歳児だもんね……。ホテルの部屋にあったお酒、減り具合毎日チェックしてくるもんね……特に何も言わないけど、空き瓶持ってじっと見てくるもんね……。ああいう怒り方がいちばんクるんだ。

「……これで、お巡りさんに怒られたりしますか……？」

「いえ、法律的に考えますと保護者はハルさんのご両親……ですが、ハルさんの今の姿的にもダンジョンに関する特例が適用されるでしょう」

「つまり？」

「今回の配信で致命的になり得る点は、ありません。未成年飲酒という倫理的問題で炎上するかはともかく、法的には」

「じゃあ」

「でも、ハルさんの今後の発育を著しく阻害しますので、断酒とはいかずともせめて節制を」

「はい」

「強制する手段がないというのが非常に歯がゆくはあります……けど、いきなりお酒をやめてもそれはそれで精神的にもよくありませんから。歯がゆくはありますよ？」

「はい……」

僕は小さい体をさらに縮こまらせるしかない。正論ここに極まれり。

でもお酒は絶対やめない。何があろうと、絶対にだ。

「――でも、今回のこともまたるるのせい……と言ってもいい状況なんです」

「え？」

えみさんが急に変なことを言ってくる。

「そうなの……だから、ハルちゃんに何かあったら私たちがなんとかするよ。絶対」

「え？　え？」

るるさんも変なこと言ってる。申し訳ない気持ちでいっぱいだったのに、急に声音が変わったから顔を上げてみると、さっきの僕みたいな顔……たぶんね……をしている二人。つまりは申し訳なさでいっぱいなんだ。

あとやっぱこの子の〝絶対〟ってのなんか怖い気がする。

「？　るるさん、やっぱ何か飛ばしてきたんですか？」

「飛ばしてない！　……って言いたいんだけどぉ……」

「今回の件でほぼ確定なんです……るるの呪いが、ハルに影響しているって……」

「え？」

「私もさっき聞いたばかりなんです。けど、そんなことが……」

「九島さん？」

九島さんまで、急に真剣そうに……え？　るるさんの呪い？　え？　いつもの冗談じゃなくって？　コメント欄とかでもよく見かけたあれじゃなくって？

「ハルさん、大人の人が同席してても大丈夫ですか？」

「え？　あ、はい、僕自身大人の男ですし」

「そうですか。……三日月さん」

「ええ、連絡します」

今度は九島さんの手が僕の手を包み、軽く引かれる。

……どうでもいいけどさ。君たち、僕のことなんだと思ってるの？

僕のこと、年上の大人の男って知ってるよね？

忘れてないよね？

ね？


その部屋には、なんか偉そうなおじさんとおじいさんがいた。実際偉いんだろうね。

「征矢春海さん。この度は大変な目に遭われ……また、当協会の支援が遅れ、誠に申し訳ありません」

「え？　あ、はい、僕もバレないように隠れてましたし」

偉そうな人たちが、頭を下げてくる。

「一応のご本人確認としまして……征矢春海さん。二十五歳男性、――大学卒業後――株式会社で三年勤務。学業成績や素行、勤務態度ともに良好。しかし去年突然欠勤を続け、会社都合での退職をされた……ああ失礼、私はこういう者です」

「……あの、それって公安とかいうあれですか?」

「そういうことになりますね」

「私も失礼しました。私は名刺で……」

「……ダンジョン協会……会長、さん?」

は?

公安さん。

会長さん。

おじさん。

おじいさん。

「……?????」

「……征矢さんの意識は、確か成人男性のままだったと……」

「急なことばかりで追いつかないのでしょう。私たちも、何時間か潜ったあとは疲労で頭が回りませんから」

僕が頭幼女になってる疑惑をそっと否定してくれるえみさんとるるさん。今は頼もしいね。今は。

……ごめん、普段〝も〟頼もしいんだよね。

頭の中が「???」な僕へ、まじめそうなおじさんが話しかけてくる。

「改めまして、征矢春海さん。貴方の身柄は、我々で保護します」

「え、でも、僕」

「ご安心ください。もし希望があれば、人員は協会から事務所への依頼で三日月さんと深谷さんを、公安から九島を引き続きという形ですので」

「え？　あ、それはいいんですけど」

今さらっと流そうとしてるけども、九島さんって公安さんだったの？　あ、でもなんかそんな雰囲気あるかも。

「征矢さん。ここからは一般に公開されていない情報ですので、失礼ですがこちらの誓約書へ一筆をお願いします」

「え？　あ、はい」

すっと差し出されたペンと紙。……なんか細かい字が延々と書かれてる誓約書的なもの。「騙して申し訳ないが」とかいうあれじゃないって信じながら、小さい手でいつも通りに僕自身の名前を書く。

「……そやはるみ……あ、ハルちゃんの字、男の人っぽい」

「そういうところは男の人のままなんですね」

あの、左右から覗き込まないでるるさん、九島さん……書きにくい……。

「……確かに。それではお話しします。征矢さんと深谷さんの今回の件」

え？　るるさんも何か？

「ダンジョン内で発生する未知の現象。秘匿されている現象についての情報共有をさせていただきます」

いきなりでちょっとびっくりしたけども、そりゃそうだ。突然に別人の女の子になる、おかしいくらいの不幸が押し寄せる。これらに原因がないはずないもんね。

……待って、これ、上の人が知ってることならもしかして解呪って言ったらいいのかわかんないけども……男に戻れる？　ああいや、その前にるるさんの呪いのほうが先だよね。ほら、僕が幼女になっても生活に支障は……会社クビになったけど……ないけども、この子の場合は……ほら。自分も危険な目に遭うし知り合いに生き霊飛ばすくらいだもん、もしこの子と僕どっちかっていったらこの子だもんねぇ。

「ハルちゃん……どっか行っちゃわないでね」

「？　うん、僕はここにいるよ？」

偉そうなおじいさんとおじさんが目の前だからか、不安そうなるるさん。彼女に握られてる手を、ぎゅって握り返してあげた。

年上の男としての頼れるところ、たまにはね。

◇

「……なるほど。つまり『願いの泉』っぽいのは関係ないと」

「おそらくは。世界で数例しかありませんが、どれも共通しているのは『ダンジョン内の何かが原因』とだけ。ダンジョン内で特別なことは起こらず、ごく普通に潜り帰還したあとに。それも、期間はばらばら……共通点はありません。お二人のように、発生する現象もまたばらばらです」

「願いの泉……儂も聞いたことはないが、一応手は回しておこう」

るるさんと僕。おかしなくらいの……特に今日の僕がなったみたいな不運っていう呪いに、男から女の子になる現象。

「これ。まぁ普通じゃないですよね」

「私の……そんなのだったんだ……」

うん、飛ばしてくるし。なんか気配あるんだよ……こう、さっきみたいに後ろから抱きつかれた的な？

「るるの明らかな不運のようなものについては事務所の伝手で調べ、推測はしていましたけど……そうですか」

僕はともかく、るるさんとえみさんは普通の女子高生として普通にショックを受けてるらしい。

そりゃそうだよね。下向いちゃったるるさんのこと、さっきから静かにしてくれてるえみさんと九島さんが優しく頭と背中を撫でている。

あ、僕にはいらないって断った。だって平気だもん。……でも、るるさんの繋いできた手は離さないでおこっと。

「深谷さんは……ご両親が」

「はい……何年か前に、二人とも別々の場所で大ケガを」

え？

「しかしお母様もお父様も、現在はお元気と」

「はい……でもまたなるって思ったら怖いので、しばらくはひとり暮らししてて……今はえみちゃんちにいさせてもらってます」

へー、るるさんってえみさんの家に住んでたんだ。……るるさんのいろいろを知っててOK出すって、えみさんってよっぽどるるさんと仲良しなんだね。

「……私たちも、るるの不幸体質は知っていました。ですがしばらく一緒にいても些細なものでした。るるの明るい性格と合わせ、ダンジョン配信にはむしろ好都合との判断もあってパーティーに誘ったんです。経験的に、周辺の人間が多いほど些細な不幸……転ぶとか程度になると知っていましたし」

「事務所主導で、ですか」

「はい。るるが入ってきて二年。大きなケガも起こさず『不幸体質というキャラ付け』というエンターテイメントとして受け入れられて……いたのですが……」

「私が知り合いになる前のるるさんも……そうですね、『ハプニングがよく起きる方で、たまにコラボ先の相手にも飛び火する』程度の認識だったと思いますし」

「でも、この前ハルちゃんに、迷惑かけちゃった。今日も」

あー。

「……その配信でしたら私たち上層部も。あまりにも罠の確率がおかしいため、ダンジョンそのものの難易度の設定やレベル表記の修正も兼ねて内密で調査を始めていましたが……」

「あ、そうだったんですか」

「うちの九島もその一人です」

「そうだったんですか……ってちほちゃんも⁉」

ちほちゃん？　……あ、九島さん、ちほって名前なんだ。仲いいね、本当に。

けど、さっきさらっと公安さんって言ってたよ？　さらっとすぎて聞き逃しそうだったけども。

「……ごめんなさい」

「え？」

「私、みなさんに何も言わず……」

九島さんが立ち上がって僕たちに頭を下げる。……まじめすぎる子だよなぁ、この子って。

「いっ、いいの！　だって私のためなんでしょ？」

「そうですよ、九島さん。るるの相手をしてくれたじゃないですか」

「えみちゃん⁉　私の扱い雑じゃない⁉」

「僕も別に平気ですよ。抱きつき癖のあるるるさんを止めてくれてましたし」

「ハルちゃんまで⁉　……もーっ‼」

普段はこんなに明るい子が下手に落ち込んでても、こっちが困っちゃう。だからここはえみさんに乗っかって、明るくしたほうがいいよね。

「現状、解呪手段は見つかっていません。……が、同時に悪化したりするなども報告されていませんし、周囲に広がるということもありません――少なくとも現在のところは」

「……そうですか。よかったぁ」

「じゃあ僕の配信が公開になったりなんかすごいことになったのは、るるさんの生き霊じゃないんですね？」

あー、よかった。ホラー展開じゃなくって。お風呂とか怖くなるもんね。

「生き霊って何⁉」

「違うの？」

「ああ……コメントではホーミングるるなどと……」

「ぶふっ…………失礼しました」

なんか『ホーミングるるさん』ってのが九島さんのツボに入ったらしく、普段そこまで笑わない彼女がむせている。

わかる。なんか変なのでツボるときってあるよね。普段は冷静な九島さんの顔が、お耳が真っ赤。ものすごくレアだから、なんか得した感じ。

「征矢さんも深谷さんも、どちらもこの現象の被害者――と言っていいのかはわかりませんが、とにかく同じ境遇です。ダンジョン内での魔力の属性や職業ごとのシナジーと同じように、かかっている力の相乗効果がある可能性は高いです」

「えっ」

なるほど。どこでその現象に取り憑かれたのかとか、その取り憑かれた人によってなんか変わる可能性あるってことだね。まぁ魔法だって個人で得意属性とかばらばらだし、そんなもんかも。

「……配信もこちらで拝見していました。深谷さんの先日のものも、征矢さんの本日のものも、通常ではありえない確率のハプニングです」

「……私たちもそう思っていました。普段なら、トラップは多くて一日に二回。多くてです。ないほうが普通ですから……せいぜいがうっかりモンスターに見つかったり転んだりする程度で」

あ、そうなんだ。僕、てっきりいっつもやらかしてるのかと。

「こほん……救護班としての経験から、私もそう思いました。確かに階段トラップからの救助要請もあったりしますけど……そこからモンスターハウスとかボスモンスター召喚とか聞いたことありません」

ほっとしていたるるさんが、真っ青になって僕のことを見てくる。

「ハ……ハルちゃん……」

「だから平気だって」

「でもっ」

「だいたい僕、ケガすらしてないし。あの弾代とか魔力が回復するまでだって、マネージャーさんとか協会さんから補償してくれるって連絡あったから別に？」

僕はお金さえあればなんとも思わないし。なんなら今はお得してるからもっとどうでもいいし？

「そ、そうですよね！　ハルさんはあれだけ強くて可憐ですから！」

「三日月さん、抑えて抑えて……」

本当だよえみさん、こんな偉そうなおじいさんとおじさんのいるところでヘンタイさんバレたらやばいよ？　しかも警察さんな公安さんのお偉いさんが目の前だし……一発逮捕じゃ？

「――その強さもまた、おそらくは姿が変わったことと関係があるでしょう」

「へ？」

ダンジョン協会の会長さんと公安の人が追撃してくる。

「征矢さん。――鑑定アイテムを使用しても？」

「え？　あ、はい。もう……最低でも一年はしてませんけど」

鑑定の水晶。ダンジョン内でのドロップ品。大きいほどに高いレベルまでわかるらしいけど、ちっちゃいやつでも結構高く買ってくれるんだよね。これで大雑把なレベルとかスキルとかがわかるすぐれもの。これもまたダンジョン内でしか発見できなくて、科学的に作ることはできないらしい。すごいね、ダンジョンって。

「協会にありますデータ上、まだ男性だった頃の征矢さんの去年のデータは……レベル換算で十五。中級者として専業で生計を立てるには充分、国内全登録者のトップ十％に入っています」

「え!?　ハルちゃんそんなに強かったの!?」

「……るるが十一、私が十三ですから、私たちよりも……」

「救護班でも、十以上にはなかなか……」

あれ？　そんなに高かったっけ？　僕のレベルって。

まぁどんなことでも三年くらいやってれば中級者にはなれるもの。しかもレンジャーとかは隠蔽スキル使用時に経験値貯まりやすいらしいし。パッシブってやつだね。ダンジョンに潜ってこそそしてたら勝手に上がるやつだし。

「はい、最近の方はレベルが十に上がれる素質があれば本業にしますね。我々もてっきりそうだと……」

細かいことはわかんないけど、どうやら前の僕はなかなかだったらしい。趣味と実益を兼ねたのが評価されてて、ちょっと嬉しい。

「伊達にダンジョン潜りを趣味にしてませんでしたから」

なんかダンジョンの中ってゲームみたいで楽しいんだもん。ものすごくグラフィックの綺麗なゲームとかVRゲームみたいな？　ただしデスゲームでもあるけども……今はほとんど、事故以外じゃそういうのないから、実質はかなり安全な遊びの。

ゲームで生計立てられるなら楽しいよね。ソロならほとんどの時間、誰とも話さないでいられるし。そこがなにより幸せなんだ。

「会社員として働きつつ、会社帰りに毎日のように二、三時間潜り、週末は六時間ほど。連休にはもっと。それを三年……いずれはこちらを専業にしようと準備されていたのでは？　青色申告で事業所得としても提出されていますし」

「いえ、なんとなく居心地よかっただけです。ダンジョンで稼いでいれば、会社でもそこまでがんばらなくていいですし」

「居心地……そ、そうですか……」

「はい。暗くて静かなので」

強面の公安さんが一瞬ドン引きしたのを僕は見た。

でも、いい感じじゃない？　あのじめじめして暗くって静かな場所って。きのことか生えそうでいいよね。

僕のお気に入りは舞茸。

椎茸はちょっと苦手。

えのきは結構好き。

「では、失礼して――――っ⁉」

――どっかで見たことある水晶玉が光ったって思ったら、公安さんが近くにあったごみ箱を被せる。そうして中でぱりんってガラスの割れる音。……一瞬でよくここまでできるなぁ……さすがはプロ。俊敏だったおじさんは、すちゃっとメガネをかけ直しておじいさんのほうを見る。

「……予想はしていましたが……」

「これで間違いありませんね」

うなずき合う、会長さんと公安さん。

「征矢春海さん」

「はい？」

「あなたは――おそらくは人類の限界を超えています」

「はぁ、そうですか」

「……驚かないのですか？」

「いえ、実感がないだけです」

あ、会長さんも「なにこの子……こわ……」的な表情。

失礼な、こんなにかわいい幼女に対して。


「――『★十』。それが、征矢さんのレベルです」

「ほし、じゅう？」

「上位のダンジョンで手に入りました鑑定アイテムを使用した結果です。この星の意味は……おそらくは限界を突破したという証かと。……なにぶん、前例が完全にありませんから推測でしかありませんが……」

「ほぇー」

限界突破でレベル表記にそんなのがねぇ。

「うぐっ……」

「三日月さん、抑えて……！」

なんかゲームみたい。それが僕の第一印象だ。

「ゲームシステムみたいですね。限界突破とか」

あ、やっぱるるさんもおんなじ反応。ゲーム世代だとそう思うよね？

「る、るる……」

「構いませんよ。実際、ＲＰＧゲームと酷似していますからね……レベルといいスキルといい、ダンジョン関係は」

ゲームっぽいからこそ、ダンジョンが出現してすぐに人類が馴染んだともいえるもんね。一撃死があるところとかはハードなゲームシステムだけども、緊急脱出装置ができてからは、よっぽどのことがなければ大丈夫っていうのもまた『ヌルゲー』……今どきの難易度のゲームらしいし。

「つまり、征矢さんは現時点で最高レベルだといえるでしょう。地球人類の」

「もっとも、民間人では、という意味でじゃが。各国の軍関係までは把握できないのでな」

「ほぇー」

「ふぐっ……」

「三日月さん……」

僕の声に反応するヘンタイさんの心を九島さんが抑えている。何がそんなに心くすぐるんだろうね？　確かにかわいい声だとは思うけども、そこまで……？

「これらのことから、今後征矢さんと深谷さんへは必要なサポートと同時に、この現象の解明のために定期的な検査……半日での人間ドック程度のものです……や、非常時の特別警護をさせていただきたく」

「いいですよ」

「ハルちゃん軽すぎ⁉」

「だって、そうするしかないじゃないですか。特に僕たち、ダンジョン関係の未知の何かに取り憑かれてるんだし？」

「それはそうだけど……」

そんな、るるさんとの会話を聞いてなんか気の抜けた顔してる公安さん……僕がぐずるとでも思った？　僕のこと、大人の男ってわかってるはずだよね？

「それにるるさんだって、呪い、解きたいでしょ」

「う、うん……またハルちゃんに迷惑かけちゃうかもだし……」

「僕だって早く元の男に戻りたいし」

「それは駄目ですハルたん‼　貴重な僕っ子ロリで酒呑み幼女なあなたを――はっ⁉」

しぃん。

静かになっている部屋の中。

「……ハル、たん？」

「……あっ」

「えみちゃん……」

「三日月さん……」

「あーあ」

この幼女な肉体に心奪われすぎてたせいか、思いっ切り「ハルたん」とか言っちゃったヘンタイさん。

あーあ。せっかく隠せてたのにねぇ……まぁ配信じゃないだけマシかな？


征矢春海――「ハルちゃん」、深谷るる、三日月えみに九島ちほが退席したその部屋。

……いい歳をした男が悶えていた。

「かわゆかった……かわゆかったのううう……！」

「会長、高血圧、高血圧ですから！」

「何あのちっちゃいの、ぷにぷにほっぺに綺麗なブロンド！」

「一年経ったとはいえ内面は男性のままのようで、見えない程度に膝も開いていましたし……ガードが緩かったですね。というか普通にワンピースも着こなしていましたね……」

「儂、決めた！　やはりハルたんは絶対に守ると！　この心臓が止まるそのときまで！」

「ですから抑えて……しかしこちらも『ダンジョン内現象に関する稀少な保護対象』として、一年ごとに交代するような、どうでもいい大臣とかよりも多くの警備を割くよう指示してきます。るるちゃ……深谷さんと二人分ですから通るでしょう」

「あ。あのえみちゃんの目つき。それに、先ほどの。……儂らと同類じゃな」

「……始原に加えます？」

「内通者がいるといろいろと都合がいいし、女性陣やあのショタコンとも気が合うじゃろ。コンタクトを」

「はっ」


あのあと。

「で、僕たちはどうしたら？」って聞いたら「女の子になったこと――TSしたことと、るるさんの呪い（ガチ）について、ここで聞いたことをしゃべらなければ別にいいよ？」って言われた。なんでもるるさんのリスナーさんたちが言ってる程度ならいいんだって。

あと、「でも大変だろうから協会からと国からいろいろ助けるよ」って言ってくれたから、今後は見えないとこで警護とか付けてくれるんだって。特に行動の制限とかもないらしいね。

よかった……まぁ僕はそんなに出歩かないけども。

で、僕は。

「？　ハルさん、別に正座なんてしなくてもいいんですよ？　そもそもここはじゅうたんですし」

「いえ、なんとなく自主的にしているだけですのでお気になさらず。あと、呼び捨てでいいですよ、えみさん。今の僕はえみさんより年下ですし」

戻ったホテルの部屋で――僕は綺麗に正座している。

幼女の正座。それはそれは立派なものだ。誠意は態度で示すものだって、どっかの誰かが言ってた。だから僕は、逃げ出しちゃって配信しちゃってたのを態度で謝る。けどもここで僕から「逃げ出しちゃってごめんなさい」とは絶対に言っちゃいけない。

女の人は怒るための地雷をいくつも持っていて、どれかが爆発するといっぺんに怒るもの。それはもう、一個爆発したら映画みたいに画面いっぱいがめちゃめちゃになるくらいには怒り散らす。だからここで僕から謝っても、謝ってほしい気持ちのときじゃないと意味がなくって謝り損。逆にこれで尻尾を踏んづけちゃった形になって、ついででいろいろまとめて怒られることもあるもん。

まぁえみさんたちとは知り合って間もないからそうはならないだろうけど……念には念を、ね？

「……ハルちゃん？　えみちゃん、怒ってないよ？」

「あ、るるさんならわかりますか」

「うんうん。怒られそうなときって怖いよねー」

えみさんの家に住んでるってことだし、年上で面倒見がいいらしいえみさんの……手の掛かる妹的な感じなんだろうか。

「あ、ハルちゃんも、ちほちゃんのこと『ちほちゃん』って呼んであげて？　ちほちゃんって恥ずかしがり屋さんだから」

「……いいですから。ハル……征矢さんは男性ですし……」

「でも今はちっちゃい女の子だよ？」

「……それはそう、ですけど……」

ちほちゃん？　誰それ？

あ、救護班さんで公安さんな九島さんだっけ。僕は人の名前覚えるの苦手なんだけどなぁ……。

まぁ三人くらいならなんとか。

「……それで、です。征矢さん」

「今まで通りハルでいいですよ、ちほさん」

「っ‼」

ばっとそっぽ向いちゃったちほ……九島さん。

え？

もしかして『見知らぬ大人の男に下の名前で呼ばれて吐き気催《け》したわ……気持ち悪い……』とかじゃないよね？　そんなこと言われたらさすがの僕でも傷つくよ？　それこそ、ダンジョンの中で一週間くらいサバイバルしたいくらいに。

「……こほん、失礼しました……それで、ハ……ルさん」

「はい」

……真相は不明だけども、普段通りの落ち着いた顔と声な九島さん。一瞬でおすましな顔に戻ってる。さすがだね。

社会人的なスキルでとりあえず置いとくってことね。今まで通り『九島さん』呼びが無難だね。

「ハルさんと深……るるさんの新しい住居が決まりました。お二人の利便性も考え、三日月さんたちの所属する事務所や三日月さんのお宅のすぐ近くのタワーマンションです」

「へー」

「ほへー」

「……ハルたんかわいあふんっ！」

タワーマンションっていろいろ大変だっていうけども……この感じだとご近所付き合いとかなさそうだし、るるさんも僕もある程度のレベルがあるから階段で上り下りしてもそこまで苦労しないからいっか。一回住んでみたかったしさ、高層マンションって。何階なんだろうね？

「お二人の立場は……配信者として注目されすぎているのと、先ほどの話の通りということで、可能な限りに人目につかないよう配慮します。買い物なども、警備の人間に伝えてもらえたら」

「それって僕自身が外に出ちゃダメってことですか？」

「あ、いえ、言ってくだされば……でもそうですね。ハルさんは、お二人と一緒に外出はされないほうがよろしいかと」

「なんで⁉ 私たちダメなの⁉」

「私は耐えるわ⁉ 外では絶対隠し通すから‼」

「や、さっきやっちゃってましたよね？ お偉いさんの前で……」

「ぐう」

あのとき、みんな何も聞かなかったことにしてくれたけども……絶対バレたよね、三日月えみさんって人もやっぱりなんかヘンだって。

「……るるさんとえみさん。お二人は以前から顔出し配信をされており、しかも今は国内どころか全世界でも一番に有名な立場です」

「有名……えへへぇ……」

「ですがハルさんは、特徴こそ知られてはいますけれども、顔はまだ。ですから……ハルさんがその姿のあいだ、外に出る際の警護体制やハルさんご自身が気楽に外へ出られるようにと考えますと……」

「あー、るるさんとえみさんが一緒だと僕が『ハル』だってバレますね」

「ええ。ハルさんが別に構わないというのでしたら、顔が知られても」

「いえ、僕、二日に一回は適当にぶらぶらするのが好きなので」

「……ハルちゃーん……」

「ハルたん……あふんっ」

「我慢してくださいヘンタイさん」

「ハルたん」とか言いながら近づいてくるから優しく蹴ってあげて恍惚としてるえみさん……君、それでいいの……？　ああ、ヘンタイさんなら幼女に蹴られて喜んじゃうんだっけ……ごめんね、僕、男なのにヘンタイさんの気持ち理解できなくってさ……。

「……今日ハルさんが無断で外出」

「その節は誠に申し訳」

僕は再び正式な正座の構え。とにかく体を直角に四角くするんだ。

「あ、謝らなくて結構です！　……されたのも、元はと言えば私たちがハルさんの希望を聞かなかったせいですから……」

よくわかんないけども……怒られないらしい？

「今後は伝えてくだされば、可能な限り対応しますから……お願いですから」

「はい、勝手に外に出ません」

これ以上怒らせて外出禁止にされたら困るし。まぁ逃げようって思えば罠抜けの応用で壁抜けできちゃうんだけどさ。


「……あ、あとうちの社長が聞きたいと言っていたんです……だけど」

「なんですか？　えみさん」

気まずいのは苦手。

だからとりあえずコーヒータイムにして……こっそりアルコールを垂らしたコーヒーリキュール的なカクテルを飲んでご機嫌な僕。今のところバレてないみたいだし……今後はジュースとかに混ぜる感じでごまかそう。だってお酒飲もうとするとすごい目で見てくるんだもん、みんな……。そりゃまあ幼女が飲もうとしたらそういう目もするだろうけどさ……。

「保護する役目も公的な機関に引き継がれたのよね、ハルさんは。……だから、今後はどうしたいのか、ということで」

「今後ですか？」

「そうだ！　ハルちゃんハルちゃんコラボしよコラボコラボ！」

「近いですするるさん」

「いーじゃん。カメラ、ハルちゃんには向けないようにするからさー」

「近いですするるさん」

るるさんは隙あらば僕にひっついてくる。……嫌じゃないんだけども気恥ずかしいし、そもそも年頃の女の子相手だから僕のほうが恥ずかしい。

だから近づいてくるほっぺをぐにーっと押し返す。あ、でもこの子ならえみさんみたいにはお胸がないから、

「ハルちゃん？」

「なんでしょう」

「…………」

「それで、コラボ……うーん」

最近のるるさん、僕がこの子の平坦なことを、

「ハルちゃん、やっぱり」

「いいですよ」

「私の……え、ほんと⁉　やったぁ‼」

僕が深遠な思考をしようとすると女の子の勘ってやつでわかるらしいんだよね……この子ほんと

になんなの……？　……っていうか、今思わず「いいよ」って言っちゃった。まぁいいや。

「ハルさ……ハルのカメラは今日と同じように被る、本人視点のもの。るるのカメラは、普段の三方向ではなくハルの方向からに限定すれば……ええ、るるがハルに話しかけるようにすれば行けそうね」

「えみちゃんありがとー！」

あー、僕の顔映さないってなるとそうなるのかー。そうだよね、最近知ったけども、プロの配信者さんたちってドローン飛ばして撮影するんだよね、何方向からも。科学の進歩ってすごいね。ぱっと見るとSF的なポッドが浮いてるようにしか見えないんだもん。

「配信の終わり際……仕方がないんだけど、ダンジョン一帯を封鎖したりした影響で、ハルの身を案じるコメントが絶えないのよ。だから、配信で安全を……ということらしいの」

「あ、そういえば」

ちほ……九島さんがスマホを取り出して……僕を見てくる。

「？」

「……ハルさん、マナーモード」

「あ、はい」

「！　そうだよハルちゃん！　ダンジョンの中でも休憩のときくらいマナーモードオフにするかスマホ見て！」

「いえ、でも僕、普段からスマホ見るのは朝晩くらいで……」

おかげで充電は二日とか三日とかもつんだよ？　あ、でもゲームとかする時期はもたないかな。

「……男性とはそういうものなのでしょうか？」

「いえ、今の時代なら男性でももっと見ると聞いたけど……」

めんどくさいなぁ……あ、そうだ。

「九島さん」

「ちほちゃんって呼んであげて！」

「九島さん」

「はい」

「ちほちゃっむむむ」

えみさんの華麗なインターセプトで「ちほちゃん」呼びを回避。こういうときはえみさんっていい子だね。

「ダンジョンに潜ってるとき以外は僕のスマホ、管理してくれません？」

「えっ」

「だって僕、そういうのめんどくさくって……あ、ヘンタイさんスイッチが入ってないときのえみさんでもいいですよ」

「……ハル、いいの？」

「はい、別に」

「……男性は女性に見られたくないコンテンツをスマホに入れていると」

「なんでそんな気まずいこと今言ってくるのかわかりませんけど、僕は特に入れてないのでどうでもいいです」

お、なんかえみさんのレアな顔。

あ、九島さんも結構レア。

……るるさんは顔真っ赤。

なんで？

「……ハルちゃん？」

「はい」

「ハルちゃんって……もしかして男の人、好き……？」

「なんでそうなるんですか」

「だって、男の子が女の子のそういうの持ってないって……」

「男だってそれぞれですよ？　ほら、るるさんとえみさんみたいに」

ここに集まってる三人の女の子たちでさえ、みんなばらばらなんだ。だから男だって全員が全員スケベなことが好きって思わないほうがいいと思うよ？　まぁだいたいみんなそうだけどさ。

僕？

…………とりあえず、今は女の子だからノーコメントで。

特別書き下ろし番外編　☆つめあわせ☆

その1　興味津々なるるさん

「ハルちゃん！　女の子になった感想聞かせて！」

「いきなり何言ってるんですか、るるさん」

でろでろっと溶けて本を読んでいたら、元気いっぱいに帰ってきたるるさんがそのままばふんとベッドに飛び込んできて、僕の体がふわりと浮く。

いいところだったはずの本がぱさりと落ちて、呼んでいたページがわからなくなる。

「…………………………」

「あ、ごめん……」

「いいですけど」

「ハルちゃん、こういうときは怒るよね」

「怒ってませんけど」

「だって、眉の間、シワが寄ってるもん」

「そんなこと……あ、ほんとだ」

「そんなのウソだぁ」って思いながら手をやると、つるつるしてる肌が本当に一部、めこってなってる。え？　僕、普段からこうなの？

「ちほちゃんにお酒注意されたときとえみちゃんがはぁはぁしてるときはよくしてるよね、それ」

「えー……」

……僕、こんなに気分が顔に出てるんだ。こんなにわかりやすいの？　僕。

「……それで！」

「それで……別にたいしたことはないですよ？　前にも話しましたし」

「普通はないことだから気になるの！　なんかない？」

うん、確かに普通にはないことだろうね。気軽に男が女に、女が男に、成人が幼児……子供になるとか普通にあったら、今ごろ社会はとんでもないことになっているだろうし。

「だって男の子から女の子だもん。やっぱり気になるよ」

うん、るるさんってば思春期だからね。気になるのはしょうがないか。

「まぁそうですね、普通は自然に性転換なんてしませんし」

そういう生物がいるとは聞いたことあるけども、今のところの人間はそういう環境にも進化フェーズにもないし。……仮に人間がそういう生態を獲得したとしても、僕はなりたくないけどね。

「と言っても、本当に前に話したくらいですよ？　胸もない幼児体型……あっ」

「……いいの、私は絶壁とか男の娘とかいわれていじられるキャラだからいいの……それでみんなが笑ってくれるなら、いいの……」

「そこは本気でごめんなさい」

ベッドの上にぺたんと座り、ぺたぺたと、それはそれは平坦――パッドであるように見せかけているそれ――をぺこんと押しながら落ち込むるるさんへ、真剣に謝る。

……うん、今はるるさんしかいないんだし、なんかコンプレックスをぶち抜いちゃったし……ちょっとは踏み込んだ感じに話してあげよう。

「……その感覚は、たぶん、男ならわかりますよ」

「……なに言ってるの、男の子におっぱいなんて」

「男にもあるんですよ。サイズで同性間での序列とプライドが決まる部位が」

「男の子同士の？　…………………ふぇっ⁉」

さすがにわかるらしく、急に顔が赤くなっていくるるさん。

うん、こんな話題、えみさんとか九島さんがいるときにはしにくいから今だけだね。

男の股の間についてるものについてとか、女の子にするなんて普通にセクハラ以外の何物でもないけども、今の僕は女の子だしこの話はこの子からしてきたんだし、きっとセーフだ。

「まぁそういうことです。女の子になって僕が喪ったものなので、ある意味女の子になった感想として、それが小さいどころかめり込んでるのはショックでしたね」

社会人男性の僕がＪＫさんに話していい話題じゃないとは思うけども、この子の配信見てると、男のシンボルのサイズを例に出して絶壁呼ばわりを鎮める流れができあがってるっぽいし、それを知って笑ってたりするからいいだろう。

……こんなの、女子相手どころか同性相手でも話したことないから、内心恥ずかしいけどね。もちろん絶対に表に出さないけども。表情筋を総動員して無表情だ。

「あ、あぅ……そ、そうなんだぁ……」

真っ赤な顔であわあわするるるさんは、結構新鮮。

「男同士は普段は見えないですし、女性の胸よりもきわどい話なので普段は話題にしませんけどね。プールや温泉とか行けば、男同士は内心でそういうこと気にするんですよ。僕みたいなのでも」

もっと子供っぽいグループとか、スポーツ系の部活とかでぶいぶい言わせてる男子なら話したりするんだろうけど、僕はそういうのとも無縁だったからよくわからないし。

「そ、そっか……裸になるところだとね……」

「で、大きさで無意識の序列ができるんですよ。ちょうど、女性同士が胸の大きさでいろいろあるみたいに。実際はどうか知りませんけど」

こういう感覚がまだあるから、僕はまだ男だってアイデンティティーを持てている。

もし気にならなくなったら？　女性に見られて「ちっさ」って言われて凹まなくなったら？

そのときこそ僕は本当に女の子になっちゃったと痛感するだろう。大丈夫、今は想像するだけでしょげるからまだまだ男だ。よし。

「で、でも、女の子だって男の子のが……その、ちっちゃくても」

「小さいって認識された時点でショックなんですよ。ちょうど、るるさんが胸の話題でいじられて凹むように。これはその性別としてのプライドの問題なんです。たとえ『それが好き』って言われても、それはそれで嫌でしょう？」

「なんかすごくわかって、なんかイヤ……」

うん、確かに嫌かもね。でも真実なんだ。

「というわけで、この体になったときは、それはそれはショックでした。だってないんですもん」

「……そうかもね」

「それにトイレだってめんどくさ……いえ、前から座ってしてましたけど」

「あ、兄弟いる子に聞いたことある」

「はい、便利だからってめんどくさがって立ってすると汚れるんですよ、トイレ。ひとり暮らしで掃除するのも僕なので、気がついたら汚さないように座ってしてましたから、違和感はそれほど。便器に座ると足の裏が着かないのもすぐ慣れましたし」

まぁ女の子の体は女の子の体で、特にトイレ我慢してたときとかだと男よりも飛び散って嫌な気持ちになるんだけどね……さすがにこれは言うことじゃないよね。セクハラ以前にお下品だ。

生粋の女の子たちは、勢いが大変なときのふともともとかどんな気持ちで拭いてるんだろうね。やっぱり気にならないんだろうか。

「マジメさんなんだね」

「ずぼらなだけです」

「じゃあ、彼女さん作ったことないのも？」

「どうしてそこに繋がるかさっぱりわかりませんけど、そうですね。彼女を作るってのは積極性がいるって言いますし？」

女の子の中でも女の子らしいるるさんだから、恋バナで元気になる。それなりの頻度で聞かれてるから流すのも楽になってるし、絶壁とシンボルの話よりはずっと健全だからいいけども。

「でも、今のハルちゃんが男の人に戻ったら……女の子に配慮できる素敵な男の人になるよね！」

「そうですね、背の低さとか腕の短さとか、力のなさとか体力のなさとかトイレの近さとかに関しては熟知してきた実感はあります。男としての『普通』以外を知りましたからね、僕自身が」

なにしろ、今や周りの人に合わせてもらう立場だからね。

わかる？　本来なら年下で背の低いはずの女の子からでさえ、いちいち屈んだりしゃがんだりして相手される、この気持ち。屈辱なんだよ？　えみさんみたいな特殊性癖ない限りにはね。

「……じゃあ、女の子の体を熟知したハルちゃんは」

「なんかその表現はいかがわしいのでやめてもらえます？」

「そんなハルちゃんだったら……男の人に戻って、わ、私を彼女さんとかにしたら……」

「冴えない社会人、しかも絶賛無職になるでしょう僕が、アイドルなるるさんとそんな関係になれるはずはありませんけど……そうですね、もしそうなるなら、彼女さんがいたことあったり、奥さんがいる男程度にはわかるでしょうね、いろいろと」

ここでの暮らしも実質女の子三人と住んでるようなもんだし。ちょっとご機嫌ななめなときとかも見かけるし、少なくとも何も知らない男よりはよっぽどマシにはなってると思う。たぶんね。

「……はぅ……ハルちゃんがハルさんになって、私の旦那さん……」

「よくわかりませんけど、もっといいお相手を探したほうがいいと思いますよ？　男の僕は本当になんにもできない、台本とかで『男B』としか表現されない存在なので」

「……ハルちゃんは、もっと自分の魅力を知ったほうがいいと思うよ」

魅力？　ないないない、しいていえば今の幼女になってることくらいだもん。

その2　ヘンタイさんなえみさん

「縛られるのって気持ちいいんですか？」

「目の前に素晴らしい光景が広がっているのに手を出せない、なのに抵抗すると適度な痛みがくるのが最高です！」

「うわぁ……」

興味本位で聞いて損した。

僕は、簀巻きでうねうねもぞもぞしているえみさんからそっと目を逸らす。

「……なるほど、これが放置プ」

「じゃないので。あと、僕が一回り年上の知り合いですらなかった男って意識して話してくださいね？　そういうの。いろいろやばいですからね？」

「僕っ子ダウナー幼女から蔑んだ目で……！」

「うわぁ……」

この人はもうダメだと思う。やっぱり九島さんの反応が正解だったんだ。

えみさん、普段の見た目も話し方も何もかもできる優等生って感じなのに、そんな子がこんなになってると逆にひどくなってる気がする。

「えみさんって、配信とかでも際どい話題とかはしませんよね？」

「もちろん！　元から清楚系キャラということになっていますし、女子相手でもそういう話をプライベートでもしたことはありませんからバレていません!!」

もう僕たちにはバレてるけどね。ついでにお偉いさんにもやらかしたし。

「ならなんで僕相手だとそんなに残念なんですか」

「んふっ！！！！」

「うわぁ……」

縛られたままのエビフライみたいなえみさんが、びくんっと跳ねて脱力、荒い息をして顔は真っ赤で転がっている。うわぁ……。うん、ほんと、君……女の子として生まれてよかったね。男なら一発アウトだよ？　女の子でもアウトだと思うけどね。

「……えみさんってアイドルさんですよね？」

「アイドルになったのは結果です！」

「中身は最初からこうだったと」

「はい!!」

「うわぁ……」

うん、僕、ちょっとだけ女の子がセクハラ嫌いな理由がわかった気がする。元からするつもりもなかったけども、この先の人生でも絶対にしないでおこう。

びったんびったん喜んでるのは、さすがダンジョンで鍛えた体幹だ。うらやましくもなんともないけどね。こんなのになるくらいなら、僕はもやしのままでいいや。もやし最高。

「しかしハルさん！　ハルさんだって男性です！　あ、でした！」

「そこは男だって言ってほしかったです」

「ならば、他の二人よりも私寄りのはず！　さぁ！　ハルさんの性癖も！　男性のハルさんは、いったいどんなものに興奮するのか！　さぁ！」

「えぇ……」

なんなのこの子……僕のこと大人の男だって知っときながら、性癖とか言い出したよ……？

「私はロリコンです！」

「知ってます」

「ショタっ子もかわいいですけど、どっちかって言うと女の子ですね！」

「知ってます」

「あ、でも、ノータッチは貫いてますよ？　孤児院への支援とかだって、子供たちから触られない限り私からは絶対に触りません！　子供相手なら簡単に、気づかれないようにできますけど、そこは鋼の意志で封じています！」

鋼？　うん、これだけひどいのにこれまで性癖がバレなかったのは認めとこう。

「そこは偉いですね。あ、だから僕にも触らないいんですね」

出会いから簀巻きでうねうねしてたえみさん。最初は警戒してたけど今はわりと平気なのも、二人きりになっても襲ってくるってことはないからだ。まぁセクハラ発言はしてくるんだけどね。

「でも、るるさんが抱きついてるとき、反対側から抱きついてきたりしますよね？」

「小さいるると小さいハルさんが抱き合っているので思わずです！」

「それ、間違ってもるるさんに言っちゃダメですからね？」

つい最近にもサイズで凹んでるのを見たしさ。

「るるさんはいいんですけど、えみさんだと……そのでっかいのを押し付けてくる形になって」

「それはつまり、ハルさんは私の胸が気になると！？　さてはおっぱい星人ですね‼　なんなら揉み――」

「そうじゃないですけど、男ですから意識しちゃうんですよ。えみさんって柔らかいですし、いい匂いしますし」

「――――ふぇ……？」

簀巻きなのにお胸を強調してにじり寄って来た彼女は――なぜか揚げたてのエビフライみたいにU字になっていて、なんか変な顔してる。

「……そ、その……圧迫されて苦しいとか、そういうのではないと……？」

「ロリコンさんならわかるでしょう？　僕が薄着だと食い入るように見てきますし。それほどじゃないですけど……まぁ、そんな感じです」

幼女になったとは言っても、僕は男。女の子ってだけでどきっとしちゃうのに、えみさんったらマジメなときならかっこいい系の女の子だし、背も高くて胸もおしりもおっきい人だから……どうしてもね。

「…………………………」

「…………………………」

「……ほどほどにしましゅ……」

「そうしてください」

噛んだ。そしてなんだかやっぱり変な空気になった。

やっぱりえみさん相手は適度に突き放しておくのがよさそうだね。

その3　マジメな九島さん

「ハルさんって、以前は長身の男性だったと聞きましたけど」

「長身……まぁ平均です。今となっては確かに長身って思えるかも」

なにやら書き物……お仕事をしていたらしい九島さんが話しかけてくる。それに対してベッドで寝そべってるのはなんだか気まずいから、のそりと起き上がっておこっと。この子の前だとだらだらできないんだよね……。

「それから今の背丈になって大変だったんだろうなと思いまして。今はそうして一日中寝そべってますけど」

「もうちょっと運動したほうがいいってこと……？」

「あ、いえ、そういうわけでは……本当はそうしてほしいですけど」

この子が近くにいるだけで、僕、どんどん真人間になりそう。なるかも。

「しかし、百二十センチですか……小学校入学くらいの平均身長なんですよね」

「それでも僕はせめて中学生くらいと」

「無理じゃないですか？」

「ですよね……」

小さい手のひら。細い手首、細い二の腕、細いふとももにちっちゃい足。

「……とりあえず、きちんとした服を着れば十歳くらいには見えないことも……ないかもしれませんよ？　それなら発育の差でごまかせないこともないかと」

「自室にいるのにどうして肩こりそうな格好しなきゃいけないんですか」

僕は、愛用のオーバーサイズのシャツをぴんって引っ張って主張。

「下着にぶかぶかのTシャツだけ……えみさんみたいなどうしようもない人を惹きつけるだけだと思いますけど」

「あ、大丈夫。えみさんがくるときはズボン穿いてます」

「そこでスカートにしないのは男性としての誇りで？」

「いえ、えみさんは裾からなんとか見ようとしてくるので。こう、ベッドに這いくつばって」

「……カウンセリングの内容、変更しないと……」

あ、ごめんえみさん。なんか君の性癖矯正はもっと苛烈になるみたい。

でもいいよね、それが君の運命だから。がんばって。応援だけはしてるよ。

「そういえば九島さんってどのくらいの身長でしたっけ。いえ、僕、今ちっちゃくなってるので、なんだかそういう感覚がわからなくなってて」

「成人女性の平均身長ですね。良くも悪くも普通です」

「普通っていいですよね」

「ああ、ハルさんもえみさんも男性のときは男性の……なるほど」

るるさんとえみさんに挟まれるようにして立ってるときに、綺麗な段になってるのを何回か見たことある。感覚だけど、るるさんが百五十センチくらいで九島さんが百六十、えみさんが百七十くらいなのかな？　るるさんが小さめでえみさんがおっきいから、もっと離れてるかもだけど。

「ええ、『普通』はいいですよね。学校でも目立ちませんし」

「そうそう、背の順とか体力測定とかでも目立たないですし」

「極端だと苦労しますからね……女性はさらに胸のサイズも」

「……るるさんとえみさんに囲まれると、確かにそうですね」

なんちゅー話してくるのこの子……いや、他の二人もちょいちょい体の話題してくるし、女の子っていうのはこういうのが普通なのかもしれないけども、女子と接してこなかった男の僕としては、なんかなぁって。

「ついでで聞きますけど、ハルさんは大きいのがお好きで？」

なんちゅーこと聞いてくるのこの子。

「いえ……えみさんと一緒だと、よく見ていますから」

「九島さん」

「私は気にしていませんから大丈夫です」

「そうじゃないんです九島さん、物理的な問題なんです」

なんか盛大な勘違いしてるらしく、なぜかさりげなく腕を組んでお胸を強調してきてる九島さんを静めないと。なんかこう……ザ・委員長なこの子がこういう話してるのは苦手だから。

「僕の目線は百センチくらいです」

「え？　ええ、確かにそうですが」

「つまりそれくらいの高さのものが一番、目に入るんです」

「……ああ、なるほど」

「そうです、僕が立っててえみさんが座ってると、ちょうど彼女の胸元が目の前に来ますし、歩いていれば歩いていたで揺れているのが目に入るんです」

それはもう、ばるんばるんと。

るるさん？　るるさんの良さは、もっと別なところにあると思うよ。元気出してね。

「……では、私のは？」

「え？」

「……すみません、なんでもありません」

ふいっと目を逸らし、また書類に目を落としちゃった九島さん。

え？　何？

「…………………………」

「…………………………」

「……九島さん、ひとつ教えておきますね」

たぶんだけど、口が滑っちゃったんだろう。けども、そのせいで中途半端に気まずい沈黙で困ってる。そんな感じがしたから、彼女が恥ずかしい思いをした分だけ、僕も素直になっておこう。

「男は、本能的に……女性らしい特徴を好きになるものなんだって、僕は思ってます」

「……そうですか」

「はい」

よし、これで両成敗。あとは本を読み直せばすぐに忘れるだろう。

そうして書き物を再開した彼女からちょっとだけ離れた場所で、僕もまただらりと本を読み直し始める。

だけど、ちらっと目を上げたら彼女の視線とぱちりと合い――なぜか耳が真っ赤になっている彼女は、書き物をしているときだけかけるらしいメガネをくいっとしながら、慌てて下を向いた。

shot. 01

キャラクターデザイン公開

メインキャラクターたちのデザインラフを特別公開！

Illustration：サクマ伺貴

深谷るる

人気ダンジョン配信者。不幸体質で周囲を巻き込みがち。

ハル

本名・征矢春海。肉体年齢は７歳だが立派な成人男性。お酒大好き。

三日月えみ
人気ダンジョン配信者でるるの世話役的存在。幼女萌えの性癖あり。
九島ちほ
ダンジョン救護班員。マジメでしっかり者。

あとがき

「もし女の子になったら？」「なんとか自力でやってく」「助けは？」「え、いらない……」「女の子扱いは？」「イヤだけど別に……僕は僕、男だし」という強メンタル、もしくは無頓着、はたまたは野良猫気質なTSロリっ子。それがこのおはなしの主人公、ハルちゃんです。

女の子になる前、社会人の手慰みにと鍛えたダンジョン潜りの才能、しかもソロに特化した隠蔽索敵遠距離専門――それがロリっ子になって、他人に見つからないで生きていくという「めんどくさいから今は隠れおこう。見つかったらそのときはそのときで」という性格と、良くも悪くもかちっと噛み合ってしまい――ヒロインたちに、半ば強引に踏み込まれて発見されるまで隠れ通した強者。見つからなければひとりでへっちゃらでしたが、見つかったせいで……。

めんどくさがりで大抵のことは気にしなくて、そのくせ無性に好きなお酒に入り浸る幼女、しかもお酒を取り上げようものならダンジョンのスキルで脱走するという唯我独尊っぷりを遺憾なく発揮してくれる「彼」は、とても素敵なTSっ子です。

このおはなしは、本来はるるちゃんたちがハルちゃんを発見するところまで――この本の中ごろまでの、短編のつもりでした。「ダンジョン配信ものでこういう子がいたら良いな」と思っただけを書きましたが、多くの方に好かれて求められて続いた結果、編集者様の目に留まり書籍化がおよそ一年前に決まり――そしてこの文章を書いている時点でも、うっかり天使になったり女神になったりしてドン引きを通り越した何かとして、まだまだ続いています。

【あとがき】

ｗｅｂ版の序盤にハルちゃんを見つけてくださったあなた、途中からのめり込んでくださったあなた——そして、この本を手に取ってくださっているあなた。

あなたたちのおかげで、ハルちゃんは今日も元気です。

さらなるハルちゃんの魅力は本編で語り尽くしています。ぜひ、愛でてあげてください。

あずももも

イラスト／あずももも

幼女になった僕のダンジョン攻略配信
～TSしたから隠れてダンジョンに潜ってた僕がアイドルたちに身バレして有名配信者になる話～

2024年12月1日 初版発行

【著　　者】あずももも

【イラスト】サクマ伺貴
【編集】株式会社 桜雲社／新紀元社編集部
【デザイン・DTP】株式会社明昌堂

【発行者】青柳昌行
【発行所】株式会社新紀元社
〒101-0054 東京都千代田区神田錦町1-7 錦町一丁目ビル2F
TEL 03-3219-0921 ／ FAX 03-3219-0922
http://www.shinkigensha.co.jp/
郵便振替 00110-4-27618

【印刷・製本】中央精版印刷株式会社

ISBN978-4-7753-2185-0

※本書は、「小説家になろう」(http://syosetu.com/)「カクヨム」(http://kakuyomu.jp/)に掲載されていたものを、改稿のうえ書籍化したものです。